浮光掠影

你在哪里

湖边的故事

山寺钟声

浮光掠影：
灵魂的回响

Light & Shadows
Conversation of the Soul

杨人辛 著

ZHEJIANG UNIVERSITY PRESS
浙江大学出版社

给在艰辛中跋涉的你：

我们在艰辛中跋涉

梦可能被摧毁

心可能被搅碎

如被狂风吹落

被行人踩碎的叶

重新拾起

继续生命之旅

内心的Eternal Peace

来自真诚与善良

只要诗人学不会说谎

诗的天空就不会死亡！

屈原（上）与杜甫（下）的雕像，
2015 年夏摄于成都杜甫草堂

蓝天下的Lake Superior

冬季的大湖景色

冬末春初的湖岸山峦

乱云飞渡，令我回忆起
几乎忘却的记忆

Nestle, adopted from Humane Society,
现在过得很健康，幸福

Lexi，书中有几首诗是写给它的

杭州西湖的荷花

序 一

2013 年,我刚刚成为编辑,接手的第二本书就是杨人辛教授的《原始灵魂》。当时我读罢原稿后,写下了一点感想,有幸被她列为序言。时光荏苒,两年过去,我在编辑的道路上走得更远,自觉成长了许多,而就在此时,杨教授完成了《浮光掠影:灵魂的回响》的初稿,并再次邀我写序。这样的信任,令我感动、惶恐,然而又充满了期待。

我个人感觉,近几年来,当代的诗人们似乎已安于在三五知己的小圈子里唱和,大众对他们毫不关注,而他们似乎也认为曲高和寡是理所应当,笔下意象的拼贴愈发令人云里雾里,似懂非懂。近期为数不多能走入大众视野的中国当代诗人,最知名的大概是余秀华——一位语言天赋出色,却因脑瘫患者的身份而为人所知的女性。如果去掉这个标签,又有多少人会单纯因为她的诗歌而认识她、关注她、喜爱她呢?

就在我构思这篇序言的日子里,还发生了一件令人悲伤的事——诗人汪国真去世了。他的诗风靡一时,因为语言通俗流畅、主题励志而曾经被许多年轻人抄录在笔记本里反复吟诵。然而他的诗歌也一直伴随着诸多非议,被一些诗人同行和文学专家认为内容浅薄,缺乏深度。

汪国真曾说过:"今天诗坛的冷落跟很多诗的写法有关系。诗好不好,是由时间和读者说的。什么作品好,什么作品不好,不是由一个人或者几个人说了算的。没有一个评论家比时间还权威。不是说小圈子里的诗才深刻,才是好诗。自以为深刻没有用。"的确,诗歌作为文学作品的一种形式,只有被读者所接受,才能体现其价值。诗歌是诗人情感与思想的结晶,语言是晦涩还是通俗,主题是赞美还是批判,都不应作为评判的唯一标准。李白的《静夜思》人人会背,是好诗;李商隐的诗隐晦含蓄且喜用典,亦不乏佳作。

而杨人辛教授的诗,其可贵之处在于,遣词造句并不艰涩,其思想却又颇有深度。这在如今的诗坛,是颇为少见的。她的诗,易读,而且耐读,因为在欣赏语言之美的同时,你需要跟上她思维的高度与速度,去思考柴米油盐的俗世生活之外,人类社会正在承受的悲辛。

整体风格上,《浮光掠影:灵魂的回响》与其前作《原始灵魂》可谓一脉相承——均是"社会学的诗"。然而我能清晰地感觉到,诗人如今的诗作,更为细腻,更具有打动人心的力量,而究其原因,却是残忍的:两年里,于内,她病痛缠身、亲友故去;于外,从社会学家的视角出发,市场经济诱发的利己主义、校园枪击案、文明进程带来的环境与生态问题……世间仍有诸多不幸。而这种种不幸,反而在促使她思考,淬炼她的灵魂。还是那句话:"国家不幸诗家幸,赋到沧桑句便工。""沧桑"二字,是读者往往不曾深究、不愿直视的苦痛。正如她在《复活节纪事》中写到的:

> 心要有多厚的包裹
>
> 才不会被伤透?
>
> 生命要经历怎样的淬火
>
> 才能死而复生?
>
>
> "卑微"或"高贵"
>
> 谁能从苦难的废墟中
>
> 再次展开翅膀
>
> 谁是不会毁于绝望的灵魂?

此外,可能是旅美多年的缘故,杨教授还对英文诗颇为擅长。本书的第六部分选取了几首英文诗,读来流畅优美,有着与中文诗截然不同的韵味,可谓相映成趣。其中有一首小诗,名为"The Death of Distance",读来发人深思。诗人认为,距离的"死亡"导致了美的死亡,而她要批判的,仍然是如今社会高速膨胀的物欲和野心——人人都变得浮躁,变得对实际利益急不可耐,那些旧时的含蓄、期待、回味、思量之美,早已几近灭绝了。

同样是仰望星空,艺术家看到繁星的浪漫,天文学家看到星辰的轨迹,物理学家看到宇宙的诞生,而一个社会学的诗人,我想,看到的一定是亿万星辰的光与暗,枯荣与变幻。

是的,正如本书的英文名:Light & Shadows,光与暗,明与灭,生与死,阳与阴,新生与衰亡,创造与毁灭,万物之道尽在其中。然而诗人并不仅仅是一个冷静的观察者,而是为沉默者发声,为弱小者呐喊,为更好的世界竭尽全力奔走。她的灵魂敏感而又坚定,而她灵魂的回响,声如戛玉鸣金,清越无双。

在这篇序的最后,我想起了一句因王家卫的电影《一代宗师》而众所周知的句子:念念不忘,必有回响。其实这句话出自辑弘一法师语录而成的《晚晴集》:"世界是个回音谷,念念不忘必有回响,你大声喊唱,山谷雷鸣,音传千里,一叠一叠,一浪一浪,彼岸世界都到了。凡事念念不忘,必有回响。因它在传递你心间的声音,绵绵不绝,遂相印于心。"

愿诗人杨人辛之念,得诸位读者知音之回响。

张远方

2015 年 4 月于杭州

序 二

　　浅读杨人辛教授的诗歌集《域外浮生飘絮》《原始灵魂》，以及《浮光掠影：灵魂的回响》诗稿，虽然对某些诗作我还处于似懂非懂之间，但是，我已感到了作者的敏感多思，也感受到她的诗作既细腻深刻，又不乏沉重之感。这不由得使我想到美籍奥地利表现主义音乐大师勋伯格的无调性音乐《五首管弦乐曲》（即：《预兆》《往事》《湖边晨景》《色彩》《突变》）。同时我也想到了象征主义美术大师克里姆斯特的《生与死》《吻》《少女》等著名作品，总感觉这些诗作与大师们的艺术作品存在着某些联系，或者说有些异曲同工之处，使人感到很有意思。

　　社会是人的集合体，庞大而复杂，人的思想尤甚。人辛是社会学博士，进入这个领域已二十多年，其间求学、教学、观察、思考、研究、采访……已有深厚的积淀。近几年她将自己的一些研究成果以诗歌的形式表达出来，使人耳目一新。也许是我闭目塞听，孤陋寡闻，在国内我还从来没听说过哪一位教授、学者以诗歌形式作为自己研究成果的载体。个人认为，人辛应当是国内第一人了。

　　我知晓，人辛早年曾经是国画大师黄秋园的关门弟子，也是那年代唯一的女弟子。她深得大师的真传，国画功底十分扎实，且平时好读诗书，尤其偏爱写诗。

　　记得民国著名史学家顾颉刚曾说："无论哪种学问都不是独立的，与它相关联的地方非常之多，我们研究学问应当备两个镜子：一个是显微镜，一个是望远镜。显微镜是对自己专门研究的一科用的，望远镜是对其他相关各科用的。"人辛是备了两个镜子的。所以几年来几百首诗从她笔下汩汩流出，是水到渠成，也是厚积薄发。

关　尔

2015 年 5 月

写在前面的话

诗为心之声。较之前两本诗集《域外浮生飘絮》(东北大学出版社,2011年)与《原始灵魂》(浙江大学出版社,2013 年),这本集子收录了更多心理感受之作。近两年来我经历了一些人生困境,感时伤怀,写了三四百首诗歌,记录自己的心迹。我从中选了一百七十余首成集,题为《浮光掠影:灵魂的回响》。

人到了一定的年龄,容易怀旧。特别是东西南北漂泊大半生之后,童年时代经历的一些人和事常会在夜深人静之时冷不丁从记忆深处钻出来。儿时的日子说不上是无忧无虑,却还是有不少令人回味的记忆。

小时候住过的山城气候温润宜人,中间是一块盆地,四周峰峦环绕,一道碧绿的江水穿城而过。环城的山峰之一顶上立着一座明代建筑——莲珠塔。

那时候常与玩伴们去爬山登塔。上得塔顶,从不同的窗口向四周眺望,没有污染的蓝天之下青山绿水、田野村庄、树林崖岩尽收眼底,很是养眼养心。

有一次几个小伙伴约好上山去玩,行至塔前,见不知谁用烧过的木炭写了一首打油诗在门上:

> 远看像座塔,
>
> 近看像座塔,
>
> 越看越像塔,
>
> 原来就是塔。

当时觉得很好玩,笑得读不成句,越想越好笑,捧着肚子直不起腰来,简直就是人仰马翻。

后来中学时,数学老师曾出过一道课外思考题:

远望巍巍塔七层，

红光点点倍加增，

底层若有灯 X 盏，

请问顶层几盏灯？

这道题好些人一下子做不出——当时认真读书的学生不多。

周遭的农民一年四季多吃杂粮，因为水田少，旱地多。有些城市居民常用大米与农民交换新上市的玉米、土豆等，吃个新鲜。生活不容易，当地的农民有唱山歌的习惯。干活儿累了，站在山坡上，放开嗓子，吼上几句解乏解闷。那时候人大都忠厚朴实，唱的歌也如此。那些发自内心的、毫无做作的山歌很感人，有些歌听了就入耳入心，一辈子都忘不了。种在心里的山歌似会生根发芽，后来四处漂泊的日子里，常常有诗歌在内心流淌，伴我度过一些艰辛的时光。

我生性脆弱敏感多思，在日记里倾吐自己的感受似已成了一种习惯。2010 年我开始写博客，写了三年多，精神压力太大，以至于身心都难以承受，加上其他种种原因，停了。2011 年，我曾写过下面一首名为《致友人》的小诗，从中可以略见缘由：

久闻幽馨

不胜钦羡

不是不想赴约

实在无能践信

唯恐欠情难还

将至寝食不安

去年此时

一念开篇

挤出一点挤不出的时间

开垦一小片私人牧园

在属于自己的园地

可以随意随时

用自己家乡的语言

减压,倾吐心语

让心境平衡舒缓

同时,欲在失忆症来袭之前

梳理一下半个世纪的风雨

好给自己的孩子

留下一点储存已久的记忆

可生性又改不了

脆弱,敏感

静水风生云起

伤心伤情伤神

复归安宁好难!

白天事务繁重

心静才能 function

只有关门闭户

谢客疏友

自知此举不智有失机遇

有失益师良朋

怎奈此时此地

别无他择

宁亏勿欠

有失礼之处

还请谅解

有得罪之事

还请包涵

长期的精神压力让身体出了毛病。在将近两年的穿刺跟踪后，医生认为我需要做手术，一劳永逸。日期就定在 2013 年 7 月底。手术并不是太大太复杂，但因靠近颈动脉，所以事先选医院选医生很谨慎。尽管如此，手术室里的经历并不顺利：

　　　　头顶的天花板上

　　　　聚光灯，射出冰冷的白色

　　　　此时此刻

　　　　生与死

　　　　都在医生手中

　　　　不，应该是在上帝手中！

　　　　此刻，医生就是上帝！

　　　　你是清醒的

　　　　在被麻醉之前

　　　　恐惧绝望中

　　　　明知不可能的

　　　　仍依稀盼望伸过来

　　　　那双来自人间

　　　　来自远方的

　　　　温暖的手

　　　　可是没有出现

　　　　那双让你九曲回肠日思夜想

　　　　让你几番死去活来的手

　　　　没有在身边出现

　　　　几个时辰后

　　　　你睁开眼

　　　　看见一下班就赶来探视的

女儿那张熟悉的脸

就在床边

正盯着你看

张开嘴试试

感谢上帝

还能说话

那根管声带的神经

术中完好无损！

可事情没这么简单。第三天晚上，我因呼吸困难差点死去。到后来才知道手术中误伤了别的器官，恢复过程极为痛苦，两个多月后肺部才清净，其他遗留症状至今都未完全消除。虽然找的是一家大医院里最好的医生，失误还是难以避免。不过，都已经过去了，也算是过了一回生死关。

2014年的感恩节前后，连续发生了几件意料外的事，令人既伤感又无奈。身边的同事几天前还见过、交谈过，突然就过世了。一个倒在路边，一个感恩节之夜独自倒在他自己家里。更雪上加霜的是，E-mail又传来ACPSS（美国华人人文社科教授协会）的发起人之一姬建国教授病逝的噩耗。伤心之余，提笔写下关于姬教授的回忆"英灵祭（2014年11月26日11：05）"：

——惊悉Dr. Ji Jianguo病逝，痛惜一个严肃的学者，一个有良知的好人的离去……

你离开了我们

你的家人，亲人，友人

和所有这些

同祖同宗的同行人

我与你并无深交

从最初认识

到你永远地离去，总共

只通过几次 E-mail
只面谈过两次

第一次是为了《域外浮生飘絮》
（你的一封 E-mail 坦率热情，洋溢着
对新来者 Publication Award 的鼓励！）

海外漂泊四分之一世纪
这是第二次去 New York City
第一次去 ACPSS 年会
从未去过 Columbia University
带着生人生地的 Anxiety
走出电梯走进登记处
虽然从未谋面
却一眼就认出
在桌旁等候的你
你友善的面容
温和的声音
让我瞬间就放下了
有些忐忑不安的心

第二次，是去 Pittsburgh 开会
你认出了我
我却把你误作另一位
长得颇像你的人
你问我是否有新作出版
我说等手头上有了书
会送你一本《原始灵魂》
可万万没想到光阴如此无情！

X

等不了下一次开会聚首

你已经永远地离去！

你，一个严肃认真的学者

一个有良知的好人

正在学术事业英年

就这样过早地离去！

呜呼，自古至今"别也难"！

流不尽的"江河水"！

流不尽的尘世遗恨！

你的一生平凡而又非凡

亲爱的朋友

亲爱的同行者：

你的离去不是逝去

你耗尽心血凝成文字

已铸成了一条船

正载着你的灵魂

在浩瀚无际的旷宇

自由地飞升

（此诗收录在 ACPSS News Letter，December 2014，纪念姬教授专辑。）

　　这个北方的冬季异常寒冷，温度过低，好些地方的水管破裂，市里管修队忙不过来，水管破了得连着两三天去外面取水，冰天雪地，极不方便。不过，想起这世上有约三分之一的人常年缺水，两三天的不方便不值一提。

　　2014年的最后一夜，唯一的小弟换血治疗不到两年，离开了我们。他挣扎了近一整夜，很想多活些日子，可是他未能等到2015年的黎明。

　　同事、友人、亲人接二连三地不期而逝，令人无比伤感。世事如此无常，生命如此脆弱！

　　与此同时，作为"一介书生"，毕竟在社会学领域耕耘了四分之一个世纪，没做完的事还得继续做下去，前面的路还得竭尽所能地走下去。

　　本书收录的一百六十余首诗歌大多是从社会学的角度记录、描述一些社会变革中的人与事；从社会心理学的角度观察、感受、思考人性与相关的社会行为，如社会心理学研究的一些现象等。也有些诗是为知我懂我的朋友而写，此前久未回应，很内疚，也很无奈。这本诗集也算是对关注的友人们致以回音吧。结尾也附上一篇旧文，《女权主义的前世今生》。由不同性别、不同肤色、不同阶层的人们构建的大千世界繁茂芜杂，平等和谐相处是没有终止的理想境界。靠一代一代接力，在探索真知之路上不可言弃。

　　这本诗集得以出版，笔者由衷感谢北密执安大学教授科研基金（Northern Michigan University，Faculty Research Grant）的支持，感谢浙江大学的张远方女士和关尔先生为此书写序，感谢张琛女士的协助。也感谢女儿，让我用她八岁左右画的一幅"Amy's Shadow"作为此书封面设计的灵感。

杨人辛

2015 年 3 月 29 日于 Superior 湖畔

Contents

目　录

Part One　浮光掠影

Part Two　你在哪里

Part Three　湖边的故事

詩

Part Four　山寺钟声

Part Five　English Poems

Part Six　附文:女权主义的前世今生

Part One

浮光掠影

Light & Shadows

1 钟 声

（一）

钟声长鸣
记载了多少人
多少世纪的足迹

指针不停转动
钟锤左右摇摆

一边向过去
一边向未来

（二）

一个虚渺无际
一个实实在在

你或久旱无雨
让我枯裂
或倾盆如注
让我洪涝成灾

当你细珠绵绵

便滋润我胸怀

当你雾霾重重

又会让我窒息

我无法知晓你的旨意

你我是否终究只能遥遥相望

隔着空气而存在？

2013 年

2 祈 福

大肚能容
笑口常开
是塑成的佛

动能吞吐万事万物
静能容纳全色光谱
是修成的主

无能为力之时
清心寡欲
为你祈福

2012 年 9 月

3 灵魂的撞击

（一）

踏荆棘而行
以道义相携

（二）

异化的人性
异化食物、空气和水
从麻木到冷酷
从残酷到"优酷"

（三）

灵魂的撞击
是一道闪电
划过荒芜幽暗的旷野

无法设计无法预期
无法复制无法模拟
震撼的能量，可以

6

撕天裂地,那是

凡·高的写生

2013 年 2 月 13 日

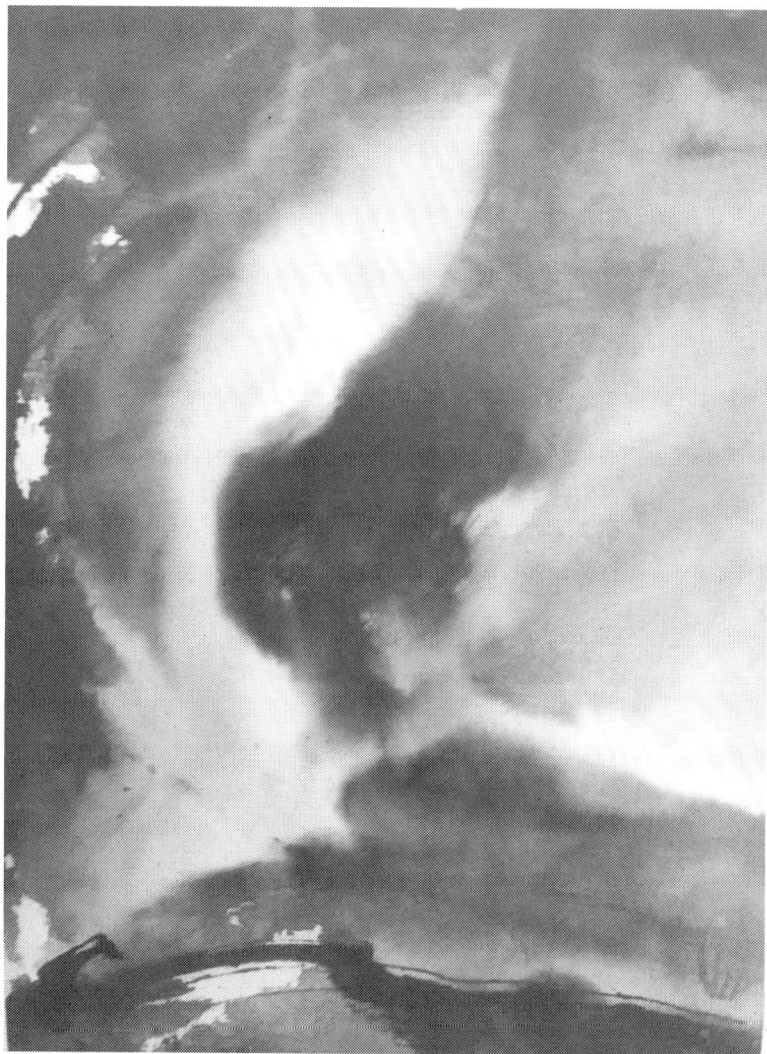

4 有限与无限

（一）

撒旦与上帝是否可以互换位置
善与恶是否可以交换定义

如果 yes，你是否能识别
被太阳吞没了的火焰？

为何时间只能让痛苦流逝
而不能将它腐蚀？

北冰洋里流的有多少是水
太平洋里装的有多少是泪
设想一个小太阳掉进北冰洋里
会是什么样的结局？

如果明日的目的地
对任何人都一样
都不再需要任何行李
为何还有人执着地
在过去的深渊里打捞

明日的痛苦与欢愉？

（二）

规则与形式
都是某种限制

一位诗人问过：
站在空旷的山顶
或蹲在墙角，遥看蓝天
哪种更广袤无边？

海岸限制了海的平面
却无法限制海的深远与高远
因此才有海浪涌动的无限

2012 年 6 月

5 亦为修道亦为心

梭布垭石林处在华中黄金旅游线交汇点上，东面是长江三峡、神农架，西连万州、重庆，南接张家界，北与重庆奉节天坑地缝接壤。梭布垭石林形成于远古奥陶纪，距今已有4.6亿年。

啊，梭布垭石林！
四亿六千万年以前
这里曾是无边际的海底
海水退去后
留下了惊世神奇
鬼斧神工的黛青化石
从铁甲寨，笋子稍，
犀牛沟，磨盘山，到对歌台
三分形象七分想象
就能看见百态千姿万种风情
那些奇岩怪石就成了
苍鹰望月，仙女回眸，龙争虎斗，恐龙脊，
无头鱼，观音坐莲，群蛙啸天

若有心灵感应，朋友
请随我来，你也能
如身临其境

每一处,每一景
同我一道穿行

在横空而出的磐石琴前
驻足静心,以掌击琴
随幽远的音韵,许下心愿
按土家人的传说
虔诚的愿
会在将来的某一天实现

再爬上陡峭的莲花台
端坐其上,极目彼岸
感受刹那便永恒的宁静

遇奇花异草,止不住
弯下腰,用手去轻沾几滴
一尘无染的山露
轻抹上微沁细汗的额头

在轻瀑泛晶的忘忧泉边
掬一捧清凉的山泉净颜

在长满青苔的"雷峰塔"前
发一声悲叹:
一切商品化的洪流中
不乏的是"水漫金山"
难觅的是"白蛇许仙"
穿越磨盘山阴森森的洞涧
黑暗中不小心一脚踏空

惶恐的瞬间，冒出的第一个念头
是否令你感动不已的闪现？

那些悬空横陈或斜耸
气贯长天的巨石
靠瘦小扁窄的支点与大地相嵌
力学原理不知如何解释
这些自然造就的奇观
它们如何能承受其难以承受之重
看似极端不平衡却平衡了亿万年？

下到几十米高的岩洞如入深渊
洞顶只有一处透出弱光一线
在这里你情不自禁彻底释放
大声喊出神圣的心愿
毫不介意让这洞里的精灵听见
它们已在这儿居住了四亿六千万年
虽不相信"a good Indian is a dead Indian"
无生无灭自由自在的精灵们
它们会永远保存那些神圣的字眼

世间世道变幻无常
但总有些事物相对守恒
不然，人类的家园将如何传承？
那些在岩洞里居住了
亿万年的精灵
做了精诚永恒的见证

2012 年 7 月

6 天地之间：

乡村与城市

最早的原始部落

多从事狩猎游牧

如同殖民前印第安人信仰的一样

空气关爱万物

草是头发

水是乳汁

"私有"是 alien concept

人们自然而然

维护大自然

扶老携幼

一万五千年以前

小渔村开始沿 Baltic Sea 出现

约一万年以前

人们学会农耕种植，饲养家畜

这些是村庄出现的基础

由村庄供应蔬果粮食

集聚而成乡镇，而后

孕生了一座座城市

文明的进程中，一步步
从拉开序幕到拉开距离
从原始的共生共存
到泰坦尼克式的分阶化层
从农业革命，工业革命
到信息时代的解构反思

为何劳力者争不赢劳心者
有控制无，富歧视穷
乡下人进了城
就容易忘记自己的出身
城里人往往忘记自己的根本
忘记这样一个简单事实：没有乡下人
城市就难以生存

当城市愈来愈大
人口愈来愈多
现代病入了膏肓
人们便向市郊逃遁
From industrialization to deindustrialization,
urbanization to suburbanization

内外平行存在的三个世界
伴随现代化、后现代化的进程
From Gemeinschaft to Gesellschaft，
or from mechanic to organic solidarity
边缘向中心集聚
中心趋向解构解体
似乎每个电子都想脱离轨道飞行

每个质子都想脱离原子核心

物竞天择自在自由
油炸煎炒蒸烹，美加可乐红酒
在色香味的朦胧中
醉想"无止无尽"的繁荣

物化非物质
量化无形物
在生命、情谊可以买卖把玩的市场
你能想出货仓里还有什么奇珍？

都在学心术游戏
会游戏才能增长利润
利润最大化方可持续生存
信任，朴实，善良
被当作"废物"弃置一旁
折射的结果，让人之所以为人
让人类延续的归属
以爱心与责任维系的 nest
在不可避免地瓦解裂分

后现代的花花世界
五花八门风景流变不停
Body，Mind，and Soul
个人，家庭，与整个社会
解构容易建构难
如何铸造坚守生命的 anchor?
若是田园都成荒芜

小家都纷纷破碎

大厦安能无危？

2013 年 1 月 27 日

7 "原始人"

从 hunting gathering，simple horticultural，advanced pastoral horticultural，agricultural feudal，mercantile，industrial 到 post-industrial 的 21 世纪，原始部落的生活方式已经极为鲜见，但依然存在着。下面的纪实报道，是行旅中一个难忘的情景……

亚马孙河畔的丛林深处
远离后现代的"文明"
住着一家"原始人"
一家老小七八口
自由自在自然一体
靠 hunting gathering 生存

他们在等待雨季过去
然后举家迁移
另找一个地方安家
因为此地食源都已耗尽
需要时间让它们息养孕生

这天雨下得挺大
给一家人带来些欣喜：

约半英里处的小河沟
准会涨水，通常
一涨水，就可捕到鱼

他们早早去到河沟
搬来一个个大小不一的石头
垒起拦围，中间
留一道水口，安置好
草藤编的捕鱼篓

好不容易等到下午
去收篓，里面只有一条鱼
不大，就一磅左右
茅屋内，已无其他东西
可以充饥，这条鱼
将是一大家子
这天的食物

在芭蕉叶上烘烤熟的鱼
每人分了等量的一份
鱼胸处最好的一块肉
用芭蕉叶包好，穿过雨中
院子里的草地
爬梯上树，送给悬在半空
树屋里住的两位客人：
两位人类学者
几个月下来
他们相处得如同家人

这两位人类学者
带来的干粮也已吃光
却不忍心收下
这份珍贵的鱼胸肉

把蕉叶包按原样扎好
他俩下树走进茅屋
把"晚餐"又送还给了
围坐在火堆旁的
这家"原始人"

2013 年 1 月 6 日

8 你和我

（一）

大地为何崩裂
为何吞噬无辜的生命？

废墟里埋的
是我的身躯
你的奄奄一息

那条河里流的
是你的血
我的泪……

（二）

死者已矣
生者还要继续

该记取的自然记取
该忘记的终归忘记

（三）

穿透黑夜的歌声
在空中徘徊不去

再次把手伸向虚空
是索取，还是给予？

（四）

感谢真诚的善意
带来希望，安宁，抚慰

终于又可以
远足深山
去松石溪边
听琴，一切
都将归于寂静

2013 年 4 月

9 一个关于水的故事

水是生命之源。缺水的地方生活之艰辛令人难以想象。发生在这个偏远山村的故事，多亏有心人投入时间、精力，付出爱心制成纪录片记录下来，才使我得以眼见为实，特记载于此。

阴天，背景虽有些灰暗
你在广场的留影依然清晰
挺拔的身躯雕塑般伫立
凝望朦胧的远方，目光里
透出深邃的忧郁

三十岁不到的你
本可以在京城留下来
按你的能力魄力
继续干下去
几年之后加入中产的行列
存钱买房成家生子
做个名副其实的城里人

但你还是决定了离去
返回云水之南的一个小乡村
这里土地贫瘠长年缺水

一眼望去,四周的山地

树瘦草枯苗稀

你,一个顶天立地的汉子

痛哭失声:这里跟城市差别太大了!

乡亲们过得太苦了!

你留下来,被大家推选为带头人

立志要带领乡亲们脱贫

村委会上,你说

现在到城里打工都得有文化

咱们再苦也得想办法

让孩子们读上书

再不能像咱这样窝在这山里

世世代代穷下去

上面来了采访的记者

你领他到一口"井"边

那是个埋在地下很深很大

蓄雨的瓦缸

放下吊桶,打上半桶水

浊黄的水面漂着草屑

真是令人难以相信!

乡亲们就是用这种水

过滤后做饭,饮茶

十岁的小 X 刚辍学

你到她家了解原因

手里仍在忙活的小 X 娘

一脸皱褶布满愁云:

家里就我们娘儿仨
一个月收入几十元勉强凑合
买了粮食就不够买化肥
哪儿还有钱交书费？
再说，小 X 是老大
地里的活儿
还靠她帮一把

你问小 X："想上学吗？"
小 X 点点头，说不出话
"读书以后想干啥？"
"以后想当老师。"
小 X 羞涩地抬起头回答
这个十岁小女孩的梦
像石头一样压在了你的心头

这年夏天，村里喜从天降
Mei 家来了一封邮件：
是大学录取通知书
这在全村五年来绝无仅有
Mei 和她爹也乐了个透！

可是，几天之后
Mei 爹便一筹莫展
远近该跑的地儿都跑过
能借的亲友家都借了
筹来的钱不足三分之一
看着老爹被折磨得苦不堪言
Mei 甚至自责内疚

早不该有上大学的妄求

作为村主任,你把村里
说得上话的人召集起来
要大家群策群力
不能放弃 Mei 来之不易的机会

靠捐也不是办法,大家都穷
最后,终于有了着落:
以全村的名义签字担保
找到一家银行同意
借贷四年大学的学费

上路的那天
怀着自豪与希望的喜悦
大伙儿一直把 Mei 送到村口
上车前,你从兜里
掏出大家凑的几十元零票
塞在 Mei 手里
听着你的嘱咐
她哽咽着说:我要去学水利
以后为家乡解决难题……

好几年过去了
不知村里起了些什么变化
小 X 当老师的梦实现了吗
Mei 是否大学毕了业
是否找到了工作
是否还清了贷款

还有，村里缺水的问题

不得而知，无能尽力

唯愿都有好的结局！

2013 年 1 月 14 日

10 人啊人

在上海看一个全国书画艺术展,有一幅书法作品很喜欢:种十亩名花不如种德,修万间广厦不如修身。感言于此……

人啊人,你
遍布全身的血管
动脉与静脉里
是否流着一样的血?

遍布大地的河流
是否都流着一样的水?

有人说:种十亩名花
不如种德
修万间广厦
不如修身

任何伎俩都抵不过真实
任何游戏都玩不过真理

生长消退,天道轮回
会撕毁所有的面具

彻底释放的快感

人们能感受到吗?

如果只是在

聚光灯下的虚空里

编排一出出后现代的闹剧

2013 年 7 月 5 日

11 难以忘怀的人们（一）：
你的一生

谨以本诗纪念一位被誉为其时代最伟大的思想家，一位与 Weber 和 Durkheim 一道常被引为 19 世纪撑起社会科学的巨人……

十九世纪中期，德国
你的导师因写了一篇文章
触犯了当时的教廷
便丢了职位
并殃及你，一位
曾被预言前程无量
将成为最杰出教授的年轻学者
毕业后，竟找不到一份
固定教职谋生

你坚持自己的观点信仰
虽然你认为它是真理
却为你的时代所不容
接二连三被流放

柏林，巴黎，普鲁士

最后到伦敦，余生三十余年

饥寒交迫的日子里

几个孩子幼年夭折

早期工业化时代

是工人的"悲惨世界"

工作时间长达十多个钟头

低工资，无任何权利

无生命保障，悲剧比比皆是

例如，就在纽约

曾有一家工厂火灾

一百多名女工无路可逃活活烧死

北面的一家矿井塌方

几十名矿工被压死淹死

打不赢官司得不到赔偿……

坚信"Humans shape their own destiny."

你穷一生精力探讨劳资关系，剩余价值

和不平等——贫困社会的根源

你预言了一个未来的理想社会

没有剥削压迫，平等博爱

人们在劳动中充分发挥创造潜力

完善灵性而非异化物化

虽然你的许多文章

在你去世后多年才得以发表

你的学说却深入人心

无数仁人志士舍生忘死前仆后继

让整个世界改变了航程

尽管一百多年来的历史证明
Pure Socialism 难以生存
（因为人性及其他种种原因？）
Pure/Laissez-faire Capitalism 也难以为继
翻翻西方血泪斑斑的工人运动史
就知劳动者的福利多么来之不易
八小时工作制，健康保险
工作保障，最低法定工资
（Medicare，Medicaid，
Social Security...）
如今人们享受着这一切
是否还记得前人栽树的艰辛？

如同达尔文发现自然界的进化论
你揭示了人类社会历史的发展规律
虽受时代限制，你也离去得太早
无法预测后工业信息时代的万千变化
当年的许多预言成了"乌托邦"

但 Neo-Marxism 仍在传承拓展
揭示解释复生芜杂的社会现象，比如
在那个特殊的 20 世纪 90 年代
为何大公司的 CEO 们
平均工资长了近 500 倍
而工人的平均工资上升仅 28％，而且
在成百成千雇员失业的同时
决策者们仍分得几十万几百万的红利

合理或不合理，正义或非正义？

你的一生，曾有过
不少仇视诅咒你的人
但你未必有一个私敌
因此，你的思想
与人类社会共存

2012 年 7 月

12 难以忘怀的人们（二）：
你身后的世界

身边的人离开不到两分钟

沙发里的你

就平静地合上眼睛

这一次，再也没睁开

身后留下的是那台

你潜心研究了几十年

带病运转的"机器"

你记下的思想如海涛汹涌澎湃

震荡着你身后的整个世界

来自上下左右黄红黑白的

攻击者，崇拜者，承继者，

以及各式各样"盲人摸象"般的评论者

一个半世纪以来的历程

沉沉浮浮似逝未艾

一些批评家认为

你的论证和预言
对人性的估计过于乐观
而且，在社会关系的总和中
你过分强调经济因素决定论
（too economically determinant）

比你晚出生的 Weber
更是用余生 "dialoguing with a ghost"
拓展你关于社会不平等的致因

在 Weber 看来，不平等
不仅体现在经济阶层（阶级）
还包括社会地位，与权力
这三者相互关联，影响物质
与精神文化的方方面面
是产生各种矛盾纷争的根源

自殖民喂养的欧洲工业革命
到今天的全球化市场体系
社会达尔文主义的盛行
造成三个世界资源、财富，与劳力再分配的
起跑线不一的不公正竞争

周期性的 Boom and Recession
在 Wax and Wane 之间有何种规律？
Bear and Bull 的反复交替
每一轮不期而至的动荡中
有多少人遭遇解雇陷入贫困
与心脏病和其他各种现代高发病症

是否有某种关系？

冷战早结束了，看不见的硝烟
为何仍在蔓延？
柏林墙倒塌后，墙东的跑到墙西
"did some shopping"，而人心的屏障
因剧烈的竞争
为何仍壁垒森严？

当"长着眼睛"的炮弹
在大地上开出一朵朵"恶之花"
废墟上重建的
除了更坚固的 shelter，
还有一些其他什么因子
也在代代滋生？

你已经离开了一个半世纪
今非昔比，高科技催生的 Cyber Culture
带来似是而非的"*The World Is Flat*"
而人与己，人与人，人与自然之间的
Impersonality，也在与日俱增
在本应宁静的校园传来的枪声中
贫富黑白谁得安宁？

一条路洒满多少先行者的血泪
走到今天，难道就是为了返回丛林
让本能、金钱、欲望主宰生命？

2012 年 12 月 22 日

13 难以忘怀的人们（三）：
人类与地球

这都是些公之于众的事实
但我们有多少人能将心比心
在日常生活中以思践行？

地球上的人口
用了千万年之久达到 10 亿
只用了一百年增长另一个 10 亿
然后加速翻番，从几十年，十几年，
到几年的工夫，已经越过 70 亿
不均匀地拥挤在超负荷运转的大地

一位生物学家曾做过
关乎人类命运的庞杂预算
按西方中产阶级的消费方式
地球的资源
只能承载 20 亿人的可持续生存

今天，人类与地球的婚姻

正处于一种关键时刻

全球变暖,异常气候变化

地球还能持续多久?

大气中还能吸收多少 nitrogen, methane, and carbon

水面还能覆盖多少 algae ,不致灭绝鱼类繁生?

还有 Aquifer Depletion,Soil Erosion...

我们已超过 70 亿人!

约一半人靠不足 2.5 美金延续一日生命

三分之一人口缺水

15 亿孩子们深陷贫困

除了艾滋蔓延失控有灭种之虞的一些地域

还有漫布在三个世界

约 15 亿 overweight or obese 的成人

越过全球化城市的灯红酒绿

有一个个在暗角阴影里游荡的

无家可归的移民失去灵魂

更有那一次次刷新纪录

在阳光璀璨的日子倒在校园枪声下的无辜生命

这一切的一切

都有些什么内在的联系?

鉴于我们健忘的习性

这些与人类自身一样古老的问题

在忘乎所以时提醒一下无害有益:

何为人

何谓人之初

何谓自然人

何为社会人

何谓世界大同？

在全球化与本土化的漩涡中

我们于己如何求得平和安宁？

于人怎样扶弱助困图存并进？

亡羊补牢，怎样去维护人与大自然的

可持续生态平衡？

2012 年 12 月 23 日

14 湖边拾景

The process of modernization and family disintegration seem to go hand-in-hand. In the Unite States, "the likelihood of a marriage would end in divorce in the late 19th century was 8%, now this figure has risen to around 50% (Sullivan, 2009)".

个人、家庭与社会三者之间的关系密不可分。社会大环境的变化必然带来家庭结构及关系的变化。现代社会的富裕开放对传统家庭的影响体现在快速上升的离婚率上。例如：

"In 1979, divorce rates in China was 0.7 per 1000 people, increasing to 1.8 in 1995; within-the-year ratio of divorced couples vs. marriages was 4.7% in 1979, climbed to 11.3% in 1995. (Liu, 2002) National average ratio of divorce marriage reached 13% in 1997, and in large cities the ratio tends to be much higher. More recent statistics suggest that divorce rate has been on a continuous rise; Bei jing and Shanghai have the highest divorce rate in the country, about one-third of the couples in the megacities end up in divorce, according to the *Chinese Youth Development Report of the New Century* (2000—2010). In addition to soaring divorce rates, the spillover effects on male-female relationships and the Chinese family abetted a growing sexual revolution, breaking apart the traditional three-in-one unity: marriage-sex-family (Pan, 2001, 2006; Jeffreys, 2006). Alternative lifestyles such as serial monogamy, open-underground polygamy, cohabitation, one-night stand, flesh-trade... are increasing."

　　这些变化既反映了个人自由的生活方式,同时也与不少社会问题相关:老人的抚养、孩子的教育、"闪族""玩族""啃老族"、外在压力过度导致的内心异化,等等。如何看待这些现象,因人而异。

　　一个好奇的小孩
　　抄着两手,"富贵闲人"一样
　　在湖边游荡

　　看见一颗
　　光溜圆平的扁石
　　便弯腰拾起
　　对好角度
　　斜抛出去

　　石子飞行的轨迹
　　溅起一串连环水花
　　小孩高兴得手舞足蹈
　　像水花一样跳跃

　　毫不顾忌在湖边散步的人们
　　也不管是否打扰乱了湖的宁静

2013 年 2 月 2 日

15 来自老人的祝语：

幸福人生

"We learn to be human in the family." 在全球化带来的 "Cultural Diffusion" 的浪潮中，东西南北文化相互渗透，五色迷漫。在物质文化繁荣、精神文化萎缩的大环境下，人们在追求个性自由解放、成功幸福的同时，传统家庭的功能逐渐失去或被其他方式取代。家庭的日渐解体是导致许多社会问题（尤其是关于老人和孩子的）的因素之一。无论人种、性别、年龄、阶层等差异，人们大都还是希望有稳定和谐的家庭环境。

2013 年元旦在即，我以长辈和过来人的心情贴一首以前写的小诗，祝有家或无家、年老或年轻的朋友们新年安顺。

人生一世
谁不想寻到
"我的你"，一个
可以信任
不离不弃
携手此生，共守
一份善
与纯真的你

在生命的尽头

若你将先我而去

离别时，我会

守在你身边

握你的手在我手心

温柔地看着你，直到你

放心地闭上眼睛

若我将走在你前面

你也会陪在我身旁

握我的手在你手心

用温柔的眼神对我说

放心去吧，别害怕

一切有我

这样，我就会

安然离去

到另一个世界

安安心心地

等你

2012 年 12 月 30 日

42

16 夏日的回忆

那年代,还没有空调可装

火炉一样的夏日里

每到黄昏,左邻右舍的人们

一边互相招呼着

一边搬出自己的竹床

摆在街旁,用冷水冲洗

直到透凉,男女老少

汗衫裤衩,手摇蒲扇

就在大街旁

一觉睡到大天亮

家家户户门窗开敞

没听说过有人担心

睡梦中会遭偷遭抢

旧房拆迁后

人们住进了新大楼

无论是独门独户,高墙深院

还是多层"大排档"

都得装上铁门铁窗

外加保险,甭说是晚上

有些地方,白天也有些防不胜防

为何在匮乏的年代

人们共苦容易难同甘

如今富裕了

反而同甘容易共苦难？

2012 年 7 月

17 一封过去的信

年轻的时候
收到过一封
厚厚的信

信封没有署名
打开了才知道
这信来自一位
仅一面之交的理科生

显然，他能画能诗
激情洋溢
信的结尾写着：

一颗流血的心
我用双手
捧在你面前
你可以漠视它
但不可侮辱它

从未经历过这种事
一时不知该如何处理

想来想去,写了几句话
一并亲自送去
到他的工作室里
用双手捧着信
还给了坐在桌边的他

几十年从未对人提起
如今,想到当时的情景
仍觉有歉,但无愧:
两颗诚实的心
素昧平生,萍水相逢
却在岁月的长河里
留下了抹不去的记忆

2012 年 7 月

18 居安之思:

大地的喘息

Between 1820s and 1920s, industrialization and urbanization, fueled by colonization and accompanied by population explosion in Europe, pushed 40 million Europeans out of Europe and migrated to the New World, where the native Indians were largely removed to reservations.

Rapid urbanization in the US lasted until around the 1950s, when the direction was reversed: over-urbanization seemed doomed to be followed by suburbanization. When cities become jammed up and choked by modern hazards, deindustrialization is inevitable. Deindustrialization eventually brought down many of the used-to-be prosperous cities in the United States.

Don't you think it is a waste of the resources and damage to the environment, every time when you look at those abandoned buildings in those run-down ghetto areas in many of the big cities?

如何避免重蹈覆辙,(尤其是)在田少人多的故土?

大地,你还能承受
多少重负?
从一片片农田里
堆砌起来的庞然大物
张着一排排黑洞似的窗口

诗

白天不见人晒衣裳
晚上不见光亮
只有锈蚀的铁栅栏
护着里面空洞的门窗

千吨万吨的水泥
压在大地的胸膛
大地喘着粗气

比水泥更沉更重的，是何物，是谁？
是什么在驱使我们，让人性
压弯了腰背？

寸土寸金
买不起的空想
买得起的空置

何当为物所累？
何当为人所累？
何当为心所累？

朋友，当我们
穿行其中
是否也如大地 一样
感觉到窒息？

2012 年 7 月

19 懂你：爱惜生命

（一）

××，你好！
只是想告诉你
无论你说什么，做什么
我都理解你，懂你

我知道，说些空话套话
对你或许都是多余
比如人无论发生什么事
都要努力保持乐观通达，等等
大家其实都懂这些道理

但你的日子实在过得艰难
三口之家的月收入就两千多元
每月要花去几百元买药
还有孩子免不了的补课费
和时不时必须交的这费那费

除了钱的问题，让你更忧心的
是难以信任的生存环境

虽然，你对这些也许已经
见怪不怪，我还是想写下来
兴许能给你一点安慰

你的朋友因送不起红包
不敢去附近的那家医院看病
（即便送得起红包的她
也担心找不到医术好的医生）

也许是因为市场经济中
最不怕竞争的行业之一是医院
所以，在那家医院
一些病人被当成了猎物
一些病人治不死也治不好
一个女病人被诊断为前列腺炎
一个男病人被诊断为行经不调

在另外一家医院
有一位善良的女医生
愤怒中结束了自己年轻的生命
因为受不了病人家属的纠缠

离医院不远的一家"戏院"
大舞台的聚光灯下
一些人津津有味地虚与委蛇
在灯红酒绿中尽兴狂欢
滑稽戏自编自演自观
无所顾忌地嘲弄他人的尊严……

××，我知道
你内心也向往美好
也懂欣赏大自然神奇慷慨的恩赐
在没有污染的仙园里自由徜徉
沐浴山水的天籁之音
享受心灵的平和宁静

可你无法逃避命运，没有机遇
摆脱深陷其中的现实的泥泞

就你的本性，你学不会
去偷，去抢，去欺骗
有几次，几近绝望中
你想了结自己的生命
但是你最终没有，你清楚
你不能放弃，若你走进了
永远的黑暗，撂下妻子和孩子
他们会活得更难……

（二）

你，这座曾经人杰地灵的城市
你的心跳为何如此躁动不安？
你用什么去驱散天空的忧郁
扭转逼良为娼的恶性循环
在有限的土地上建立
更多的学校公园而非监狱医院？
你用什么去医好行医者的心病

让医生们能承担起救死扶伤的重任
让你的居民与游人们信任放心？

你如何能让身为"园丁"的教师们
不以"让自己先富起来"为目标
而能以身作则先忧学生之忧
教下一代懂得珍惜昨天的遗产
并怀有希望去梦想明天？

诚然，全球市场大势所趋
没有钱一切都是难题
可是当"money talks"腐蚀了"苹果心"
那些金钱无法解决的难题
又该如何去求解？

2012 年 7 月

20 Oh Lexi！

无忧无虑的雪鸥们
在万里晴空漫洒欢歌笑语

亲爱的 Lexi，你
就这样，静静地
在我身边，一动不动
一声不响，也定神
望着远处
空阔的湖面

你在想什么
你婴儿般纯净的心
在想什么呢？

白绒绒的额头下
嵌着你大而圆的
黑珍珠似的双眼
眼神里，分明有
诗人的忧郁
哲人的深沉
和修女特蕾莎的慈悲

你玲珑轻巧，不过七八磅
耳朵像两把小绒扇耷拉在腮边
尾巴翻开成一朵白色千丝莲

每次下班回来，门一打开
你就扑上来
欢跳不已
暖化我早出晚归后
冰冷的疲惫

Oh，Lexi
温馨可爱的 Lexi！

2012 年 11 月 29 日

21 父亲节有感

一位曾叱咤风云
扭转乾坤的巨人

言足以令四海翻腾
行足以令五洲震荡

您的足迹
让一个民族改变了命运
让整个世界改变了运程

可是，您过的最后一个除夕
身边却没有一个亲人
长期抽烟引起了病变
不停地咳嗽，在风烛
摇曳的除夕之夜
不知您心里是怎样的感受

您知道年轻人爱热闹
便对身边的几个工作人员说
过年了，你们也放几挂鞭炮吧

在举世家家团聚

共度佳节的时候

您就这样度过了

最后一个除夕

2012 年 6 月

22 母亲的爱

听父亲说过他年轻时亲身经历过的一件事：一家山区医院为了抢救一位病人，遣人连夜走五十多里山路到另一家医院取来氯霉素，最后病人得救了。我家的小D当年染上急性××炎，若不及时控制，两三天后就无药可治。母亲抱着小D夜行长路，也多亏当时的医风医德，民风民情，救得小D的生命……

那年那天的下午
一岁多的小D染疾高烧不退
当地的L医生经验丰富
对母亲说：这里设施不够
得赶快送孩子去专医院

天色近晚，当天的班车早已过点
母亲，您曾有过一段在部队医院工作的经历
知道小D的病情紧急刻不容缓
通知父亲也来不及，他因工作远在外地
此时此刻，一切都得靠自己

俗话说走远路，好手难提四两

三十多里的公路要走多久，母亲
您大概没有，也来不及多想
带上几件换洗衣服与一些必需品
双手抱着小 D 就上了路

不知走了多久，母亲
黑灯瞎火中，凌晨两三点
您终于摸索着走到了医院
进了急诊室，一系列检查
抽髓化验，才知小 D 患的是急性××炎

一周后，小 D 安然活下来了
母亲，您一颗始终悬着的心
也终于放下了，重获安宁

当年幼小的我，母亲
根本不懂您经历过的煎熬、焦虑
多年后，我自己也做了母亲
才深深体会到您走过的心路

如今，一想起这件事
还是禁不住泪水，母亲
我甚至想抓起电话
（尽管您已经离去六年了），问您：
那个黑夜，是否您一生中
走过的最长的一条路？

一个三十多岁的女人
抱着生死未卜的孩子

心急如焚地赶路,有多少次
感觉到累,渴,双手麻木
不得不停下来,有多少次
在路边想找到泉水
给小 D 做降温冷敷?

小 D 的安然得救
是因为您,一个母亲
对孩子的爱,和
上苍的眷顾

而您,是因为有
坚不可摧的精神支柱

还有,您孤身夜行没遇不测
得感谢当时的民风民情
基本上是道不拾遗
夜不闭户

也得感谢当时的 L 医生
和专医院的医生们
救死扶伤,一丝不苟

2012 年 7 月

詩

23 " Going Native "

Karl Marx believes that social scientists should bring strong moral commitment to their research, because the purpose of research is to understand and solve social problems and build a fair society; Max Weber believes that a scientist should be value neutral and free, to achieve objectivity; Alvin Gouldner suggests that scientists have values and the influence of those values on reasearch can never be totally eliminated; scientists should deny neither their values nor the negative impact they can have on research.

"What goes around comes around;"
does this happen sometimes
or always?

一位在读博士生
已修完所有课程
只差写完论文
就大功告成

为了自己感兴趣的研究
他几费周折，终于
打进一个地下俱乐部

23

去收集吸毒卖淫的数据

可是，这位隐瞒身份的
研究者，再也没能返校
"He went native."

2013 年 2 月 15 日

24 五星级宾馆

（一）

你，这座五星级宾馆
原属于谁的土地？

又由谁设计，将你从图纸
变成如此耀眼的艺术品？

大厅内"高山流水"
"江南花柳""热带丛林"
五大洲四大洋的奇观异景
匠心巧运都锦添于此！

色泽丰润典雅高贵
谁在弹奏优雅的钢琴？

伴着"暖与柔"的乐音
豪华奢侈的 King-size 床上
谁常在激情翻滚
发出阵阵笑浪欢声？

（二）

为何嗜血的本性难以抗拒
欲拒还迎是谁的贪欲？
为何"人造处女膜"频生
有刺激繁荣市场的功能？
为何从不乏真假"处女"
争先恐后做"暖与柔"的"牺牲"？

透过悬空的大玻璃窗
是否能听见工地上痛苦的呻吟？
是否能看见雨中的菜市场一角
那位一脸皱纹刻满沧桑的老妇人
小心守着一堆没卖掉的青椒土豆
她的血汗是否与物价齐飞？

在五花八门的市场闲逛
享用着香辣的"煎饼果子"
谁还会扪心自问：
什么是"精神变物质"的捷径
不惧让明天断子绝孙？

2013 年

25 秋日竹兰杂感

"Globalization and Asian Societies"是一门新开的课程，我一直感觉有压力，不能得心应手。到本学期已是第四次上这门课了，终于渐入佳境，由 mechanic 过渡到了 organic。课堂上大家都很放松，讨论起来古今纵横想象无限。最近讨论的课题是关于宗教方面的：宗教的起源，宗教的社会作用，世界上各种宗教之间的异同……例如，四千年前的犹太教，在两千年前怎样衍生出基督教，十六世纪又怎样分裂出新教……各种宗教的本质其实都旨在引人向善，可为何因宗教而起的战争却历来烽烟滚滚？人类至今仍未走出互相残杀的丛林。人们在理想文化的美好与现实文化的丑恶形成的漩涡中怎样挣扎？

（一）耶稣

三位一体的神啊
你为何替人类
背罪受苦？
当你被钉在
十字架上的时候
谁在一旁悲守？

（二）生命

什么样的生命
只能死亡一次
而后永生？

什么样的生命
在生死之间
游戏往复不已？

（三）白云处处深

十年画竹
百年画兰

一位画竹的老人
在竹林里
留下一声长叹：
知己无须觅
白云处处深

你说呢，朋友？
人们呼吸的
是真实还是虚幻
是幸福还是痛苦？

（四）当归

风里，山林里
空气里，海洋里

此岸，彼岸
此生，它生

宇宙之渺
胸怀之浩

有家无家
当归之处为家

有道无道
当归之道为道

2012 年 10 月

26 空蓄泪：

何事重感伤

失去了一切，还有思想。

（一）寻梦者

九十年代的一天
跟随千千万万寻梦的人群
你，离乡背井
来到南方的×城落脚谋生

工地上滚爬摔打日晒雨淋
窝棚里冬寒夏闷盒饭蚊蝇
受够白眼，歧视，和欺诈
挣来的钱大都寄回老家

几年下来，在老家盖起了一栋二层楼
还带回一个年轻漂亮的打工妹
做了你的新媳妇

媳妇生了第二个孩子后

你独自再次南下
省吃俭用
把挣来的钱按月寄回养家
人多机遇少竞争激烈
找到一份工便拼死拼活
有一次连日疲乏途中送货
加上车道拥挤混杂
一不小心就出了
出不起的车祸

对方说，只要你
付一笔钱就可以私了
这样对双方都有好处
考虑后，你只好跟媳妇商量
让她把手里的几万积蓄
先汇来一部分还账

可没想到，她不仅拒绝
还一甩手，一走了之
带走了存款
带走了一双儿女
还给你的孩子改了姓名

屋漏偏遭连夜雨
三十多岁的你
辛辛苦苦筑就的梦
就这样彻底破碎

再无法打工，回到老家

与老父相依为命

一个早上，迟迟不见你
下来吃早饭
老父大声喊了几次没有回应
上楼一看，只见你
身子悬空，一根布带套着脖子
挂在屋梁上
早已没了气息

你远嫁外乡的妹妹
把无法自理的老父亲
送进敬老院，暂时
垫付每月几百元的生活费
指望把才建几年的房子卖了
以供养老父的残生

可是，这栋用打工的血汗钱
建造的房子，根本没人买
附近人都知道是"凶宅"
住着厄运

（二）该如何理解你？

在 Durkheim 生活的十九世纪
人们普遍认为自杀
多源于病态心理

可是当一位朋友自尽后

因为太了解这位不期而逝者
不能简单归于心理之疾
这悲剧，促使他踏上七年之久的
欧洲诸国之旅，探讨
自杀产生的社会原因

为何城市的自杀率高于乡村？
为何男性的自杀率高于女性？
为何单身自杀率高于有伴侣的人们？
为何老龄自杀率高于年轻人？
还有宗教：为何基督教徒的自杀率
Protestants 要高于 Catholics？

基于大量的案例分析
Durkheim 把自杀分为四种类型：
Altruistic，Egoistic，Anomic，and Fatalistic
每一类既相似又相异

你，梦碎的农民工
你的自绝于世
属于哪一类？还有
许许多多其他人
比如屈原们，海子们，
老舍们，傅雷们，还有
某些对社会问题无解的思想者们
等等，等等

是什么原因
促使你们轻视自己

一次性的
无可复制的生命？

有一些什么样的因素
可以制止或减少人们走上不归路
让人们希望继续活下去
走完不足百年的
自然的一生？

2012 年 12 月 1 日

27 写在岁末：祭祖

　　母亲一生看淡钱财功利，一心信佛向善，斋戒自律。这可能是与母亲出身的大家族因时代变迁经历的荣辱兴衰史有关。父亲出身贫困，自年幼就饱经磨难，但自强不息，追求真理。无论位置高低，他为人处世都遵循天理良心，一生善良、清白、正直。

　　父母在世的时候，家里有祭祖的习俗。每逢节假日，尤其是一年三大节的端午、中秋和春节，母亲通常会做好一大桌菜肴，然后在专用的几个酒杯里斟上母亲自己酿的米酒，盛几碗米饭，摆上筷子，泡上一杯新茶，一一按次序敬在台上。台上点亮香烛，从父亲开始，闭目俯首，双手合在胸前，静思默诵。听不清父亲说些什么，但我知道他在和先人们说话，说完后躬身祭拜。接着由母亲请祖。然后是孩子们，一个接一个拜祖敬祖。一切完毕后，一家人坐下来吃团圆饭。母亲每次都要孩子们每人喝一口祭祖的茶，据说有祖先保佑。

　　小时候（上小学期间）父亲曾想让我改名字，改成"念祖"或"念×"。我不愿意，说不好听，不是女孩子的名字。现在到了近退休的年龄，才更能感受回味父亲当时的良苦用心……

　　父亲的父亲
　　父亲的母亲
　　我的爷爷奶奶
　　从未见过一面

爷爷死于北伐

奶奶年轻守寡

养着三个孩子

父亲是老大

他中断私塾，挑起重担

因秉性刚直，历尽艰苦……

五十年代末

在我很小很小的的时候

一天下午

家里收到一个包裹

里面是鞋子

手工做的，蓝灰色

半新不旧的布

鞋底很薄，好像就两三层

五双鞋连成一串

每人一双

但都太小，穿不上脚

奶奶只见过一岁时的长孙女

其余四个都不曾见过

饥荒年代

知道自己将不久人世

奶奶拆了自己的衣服

凭想象推测大小

千针万线

按每个小孩的年龄

给每个孩子做双鞋
算是留给儿孙们最初
也是最后的礼物

我们太年幼不懂事
当时并无太多感受
只记得那天晚上
父亲反常地沉默寡言
没吃晚饭

没过多久
奶奶走了
是空着肚子上路的
显然，父亲寄回老家的
钱和粮票，都未能
抵达老人干枯的手

父亲躺了几天，落下
一生难愈的心病
母亲的劝慰安抚都听不进
总认为作为长子
自己没尽到孝心
每到奶奶的忌日
父亲总不吃饭
尤其在晚年
每逢特殊的日子
父亲常在奶奶的遗像前
静默沉思
父母相继去世后

遗骨都送回了老家
老家山清水秀
地下煤源丰富
可如今开矿者财大气粗
恐怕连祖坟都难守住 ……

亲爱的爷爷奶奶：
我从未见过你们
但我的血管里
流着你们的血
所以想起来
会流泪，心痛
也有欣慰，因为
一代又一代
生命之河
或急或缓，或深或浅
只要没污浊没干枯
总是要往前流

2013 年 2 月 8 日

Part Two

你在哪里
Where Are You

28　你在哪里？

当年，我们同登上长城

在距烽火台不远

"游人止步"的告示前

我停下，你无视它

穿越告示后的废墟

登上最高处

敞怀向绵延万里的群山

发出的那声沉抑漫长的闷吼

久久在天地间回荡

也重重地

撞击我的心房

多年后

我在异域尽头流浪

一个人鸟稀疏

风雨迷蒙天

我独自在大湖边徘徊

站在一根粗大的

被风雨侵蚀的圆木上

面对一派浩渺苍茫无量无极

终于发出那声长长的

多年来压在心底的
满载苦痛的呼唤
那声穿透天际的呼唤
至今犹响在耳边

只是，你再也听不见：
你早已去了他岸！

2013 年

29 灵隐寒山

从寒山到灵隐
古钟长敲长鸣
是在为逝去的忠魂祈祷
还是在为苟活的小丑伴奏？

欲望的列车
在时光遂道上疾驰
在谁的掌控之中？
谁能预言，谁能保证
它装载的货物
不是在驶向
死亡之谷？

2014 年

30 月亮，诗，艺术

（一）

火山的爆发
无可阻挡
火山的冷却
无可挽回

人与大自然
谁主谁属？

（二）

你对我说：月亮是一面镜子
若非纯净无瑕
怎能照清万物？
自古明月映诗魂

你转过身又对 T 说：
水至清则无鱼
这是否自相矛盾？

不会说谎的心
是会碎的

到无心可碎之时
是否艺术死亡之际?

只要诗人学不会说谎
诗的天空就不会死亡
我们就还有希望!

2013 年

31 "江河水"·岳王四祭

儿时曾读《说岳全传》，对岳飞的精忠之魂铭心刻骨。如今
电视连续剧重演岳飞的故事，看了不禁百感交集……

啊，"临安遗恨"
"江河水"长流的呜咽……

（一）

岳飞，你的精忠之魂
你铸造的岳家军
曾威震大宋天下
如今，你在哪里？

金戈铁马生涯的你
草庐静夜
破戒醉酒
为身经百战的白马送行
你俩灵犀相通
白马辞世
你竟然一夜伤心致盲……

盲伤未愈,你为何执意下山
不顾知情人阻拦?

为解救遭受诬陷的岳云
你落入更大的陷阱

是否大丈夫心昭日月
自信正义公理·
不提防"莫须有"的算计?

即便终于醒悟
你不过是谁手中一枚棋子
仍信持"四海之内皆兄弟"
襟怀普天之下之大仁

却为何终未能逃过
奸佞贼子之手?
凶残无度的厚黑
让你蒙千古奇冤

但是,天地之间自有公论
你可知你在谁心里得到永生?

(二)

天恩是否浩荡?
为何浮在水面的是油
埋在沙里的是金?

岳王，你在天之灵知否：
千年之后的一个流浪儿
仍在用心读你
离群索居，独守孤寂
为你痛惜！

一代绝世英雄
岳王啊，你流的是血
碎的是心！

风波亭上
哪些人像你一样
不是在演戏？

你和你的同路人
或文武盖世，精忠浩气长存
或内外戡治，鞠躬尽瘁死而后已
多少知音知己
"怒发冲冠，仰天长啸"
叹只叹最后结局
为何总难逃千古悲剧？

（三）

啊，"临安遗恨"，"江河水"流不尽的悲怨！
岳王，你一次又一次临危受命
风口浪尖力挽狂澜
你的卓世功勋
换来谁的苟且偷安？

纵然你智慧超群武功绝世
是谁，又为何驱使你
去下一盘永远下不完赢不了的棋
在邪恶的风波亭？

在浸透你血汗的大地，为何
秦桧们能无师自通地繁衍
雾霾深锁的天空
岳王，你的英魂
怎生得安息？

啊，"临安遗恨"
"江河水"流不尽的悲怨！

（四）

岳王，你
真正的伟丈夫
威镇山河顶天立地
德行纯正不染风月
百姓至尊至敬至爱的英魂
当归所归必归之灵
不惧风霜雨雪驰骋疆场
天涯海角愿共随朝夕

可是岳王，你是否知晓
千百年来大江东去西回
驾黄鹤出阳关谁谱写心史？

居正化骨为血点点滴滴
如今何处遗迹？

东坡东岭明月
何时何地照何人？

为何屈子沉于汨罗
去病亡于疑症
解缙丧身荒野
郑和殁于和合之旅
忠良千古一辙走向悲剧？

为何深谙权术心术的奸佞
玩花弄月的"戏伶"
多是盛筵座上宾
劳苦苍生流离如浮萍？

拍卖会上的"绝笔之马"
若是赝品现世
又会落入谁的手中？

有谁承继先祖一脉
长夜漫漫天涯孤旅
与君同心同德虽难同辈
枉感君思君念君为君痛哭无声无泪！

2014 年

32 飘荡的绒花

绒花在风里飘荡
漫无目的，飘呀
飘呀，飘到哪儿
算哪儿，四海为家

为何飘不进高楼大厦？
病房里也不受欢迎
因为你"污染"空气

地下室，工场里，sweat shops
已堆满垃圾灰尘
在劳作的工人也不需要你
谁有功夫让你来添堵？

有些吃饱喝足
还有闲情逸致的游客
可能会不关痛痒地欣赏
你随风飘荡的舞姿
间或兴致一来，用你作载体
承载尘世中迷失的"太虚幻境"

绒花在风里飘荡

飘呀飘呀,漫无目的

绒花啊绒花

你将飘向哪里?

2014 年

33 黄山挑夫

黄山日出的壮观
谁不为之惊叹！
上山下山的人们
无不是自觉自愿

可你，黄山挑夫
是否也是其中一员？

你不会驾轻就熟地"言情"
不是有病无病都呻吟的"情圣"
更非偷鸡摸狗欲盖弥彰
"不用登山就可享用良辰美景"的宠儿

那好似无终无止的石阶
我徒手都爬得双腿打战发软
你肩上压着一百多斤的货担
一步一步走得有多艰难！

自各地来观景的游人
谁注意到你脸上胳膊上
淌的是汗水还是雨水？

还有你小腿肚子上
暴突盘曲的青筋?

为了在黄山上吃过的那顿中餐
(虽然餐馆拥挤不堪味廉价不廉)
黄山挑夫,一个外乡的流浪儿
遥遥给你拜个年!

2014 年 2 月

34 离谱的歌

What are the things in the world that "once existed, it would take a life of its own"?

（一）

离去而非逝去
是一种什么样的存在？

是谁在唱着离谱的挽歌
在非自然的生离死别之后？

谁让你梦毁心碎
舍近求远无家可归？

流浪者无声的选择
是为了自由浪漫，还是苟安？

诗心的"死亡"为何会招来那么多
不着边际的臆测？
诗人的离去为何不能息事宁人
却在身后流成一条波涛翻滚的长河？

（二）

笑星 Colbert 曾戏说：
"The poor produces nothing，but soldiers."
听罢，台下爆笑
没有眼泪，也没有沉默

你可知在战场上化为硝烟的
多是谁家的骨肉
在花柳下吹箫弄笙的
又多是何人的子孙？

"万人坑"与"无名将士墓"里
有多少同名共姓的冤魂？

2014 年

35 风月场上风波亭

（一）

你是何方神圣
是否曾阅"红粉"无数
所以能驾轻就熟？

你如何能将一颗童心
随手扔进搅拌机
搅碎一个清白无辜的生命？

为何风月场上的戏
从来都不乏"主客嘉宾？"

（二）

无"宝黛"不成"红学"
曹公一梦空前，是否能绝后？

高科技主宰的今天
"最远的距离"与"零"距离之间
如何度量多近多远？

为何几百年来
无论人世怎样变换容颜
红楼梦幻的演绎
一代代不约而同
似都在寻觅无解的情缘？

谁能若入无人之境
踩着遍地的新伤旧痕
甚至血流如注的心
用死魂灵的身躯筑路架桥
疯狂地打马奔驰
捕捉风花蝶影？

在娱乐至死的聚光灯下
"豪杰"是否"必有真情？"

风月场上风波亭
谁知谁不是在演戏？

2014 年 3 月

36 希望之泪

为何公正常在弱势眼里
黑白常在权势手中？

那滴希望之泪
怎样、何时才能流到
一片未经污染的大地？

沼泽地里蝇营狗苟
醉生梦死争权夺利
弱肉强食的丛林
糜烂腐朽的尘世

亘古至今，人类啊
你从久远的黎明
将走向怎样的轮回？

2014 年

37 小女子

小女子，你从哪儿来
要到哪里去？
他们说：你不过是
春风里的一枝弱柳
一生的幸福
离不开风月情露

你的眼神为何如此抑郁
那里面藏了多少
道不出的世态炎凉
人间忧伤？

2013 年

38 千年孤独

你本性纯良
为何也会偏离
Mother Theresa 的足迹
何时能自殊途回归圆心?

你无邪的童真
为何也会陷落
谎言欺诈的涡流?

物化带来异化的时代
何为千年难解的孤独?

需怎样的心灵超度
才能摆脱奴役本能的功利
冲破有形无形的枷锁?

2014 年

39 复活节纪事

（一）

一个用诗写日记的幽灵
一条忠实的小狗
有着诗人般的眼神

你看着我，我看着你
就这样无声地交流

似乎都懂得彼此：
有好奇，爱怜，
还有些别的什么……
藏在日出
或日落的时候

（二）

经历过死里逃生
是否会再陷囹圄？

网海深无底

数不清的精灵

乐此不疲,尽兴游弋

是无限自由还是彻底忘"我"

不会死也无复活?

心要有多厚的包裹

才不会被伤透?

生命要经历怎样的淬火

才能死而复生?

"卑微"或"高贵"

谁能从苦难的废墟中

再次展开翅膀

谁是不会毁于绝望的灵魂?

（三）

童真无邪

人生至境

是什么

最能置你于死地?

为何背叛

足以让童真瘫痪?

（四）

窗外,风雪持续

好在已做好准备

不用再出去折腾

蔬果都已备足

暂可无拘无束

神谕在耳边响起

摈弃尘泥随心所欲而不逾矩

大自然孕育万物精华

仿佛又有诗韵流出心底

"爱莫大焉"！

感谢无处不在的宇宙精神

复活众生

复活的人哪

复活的诗心

是否更懂得上苍

与自己？

2014 年

40 幻象中的你

（一）

你赤着脚
风尘仆仆
穿越千年时空
向我走来
脚上粘的泥土
带有远古的芳香

（二）

没有方向
没有光亮
我们在茫茫旷宇中飞翔
像无处不在的粒子一样
是因循怎样神秘的轨道
终于倾尽所有地相聚？

千百年的相斥相引
为何相聚只有瞬间
别离却是永远？

2014 年

41 无 为

（一）

因为怎样的因果
人分三教九流？

高低大小官民忠奸
又因为怎样的俗缘？

佛门内怎辨愚忠盲善
为何普天下人皆洞天？

（二）

为何利器不可示人
示而逝，隐而存？

你说：无为是自然之道
万物此消彼长
此乃真理——这真理
是普世还是逆世？
你又说"大悲欢必有大风流"

"深情者必有大智慧"
是否反之亦然?

你似得道之人:
"心中有道,不学也有道
道即我,我即道,道我合一"
可你怎样做到
知行合一?

2014 年

42 Passing Thoughts

伴君风雨行
为何血已流尽
而故乡陌路
心不能归？

为何要背离初衷
是谁演绎一场
"错误的相遇"？

越过一条生死河
是否该回头看"风景"？

2014 年

43 再别红尘

（一）

在你点燃我的时刻
你是否也在燃烧？

若你只是在一旁观景
我会很失望
但终会谅解你

只是别让搬起的石头
砸着自己！

伯牙遇子期
人逝琴不存
心语成儿戏
何处寻"子期"？

（二）

修身不真怎谈治国？
己所不欲怎施于人？

时空烟云混沌
闹市病入膏肓
沽名钓誉者玩花弄月
贫贱不移者艰难求存

苍天在上，是否见证
恶贯满盈之时
自有阴阳平衡？

希望还会有干净的明天
不然，何须继续浪费时间？

（三）

老和尚过了河
就放下背上妇人轻松前行

若被明枪暗箭包围
你能否走完人生之旅？

如今，那一切无谓的喧嚣
是否都已经过去？

能否自辟一片净静之地
在大自然里回归安宁？

2014 年

44 珠贝与礁石

(一)

乱石穿空
灵钟回鸣
是祈福,还是警醒?

一代代苦难悲壮的挣扎
为何会遭受扭曲践踏、嘲笑涂鸦?

让善不敌恶、劣胜优汰
这是谁的悲哀?

由它去吧,你说
只要自由自在,可是
生命若不再感知不再呼吸
是否一切将不复存在?

(二)

你知道你的渺小
但你愿费尽心力

走出一条自己的道

可以变成黑色的礁石任海水冲洗
可以是汪洋中的荒岛
任流浪儿歇脚，任飞鸟栖居

但不可任人揉搓
做手中玩弄的珠贝

2013 年

45 灵 火

（一）

嗓音太弱时
谁都听不清
除了你自己

你欲提高嗓门
又恐打扰他人

若不可以说话
就得闭上嘴巴
不能发声之时
你最好顺应

为了不被"消失"
就得选择"消声"
你说，这叫作
"人贵有自知之明"

（二）

好吧，为了存在
我不再思想

只是，那一闪即逝的灵火
我还来不及捕捉
你去了哪里？

2013 年

46 心灵之河

（一）

祖祖辈辈浸透汗水的农田
似乎到此萎缩断代
物欲筑成沙堤
德行江河日下

水泥钢筋的森林里
蝼蚁般的生命在雾霾中喘息
混浊的河水带着刺鼻的异味
流着悲伤而又无奈的灰黄绿
维持生命的水源啊
何时能返归清澄？

（二）

不合潮流的书生们
与堂吉诃德是否亲戚？

你欲以时代的脉搏为弦
弹奏一曲心声

为遭欺负受歧视被伤害的灵魂
做一点力所能及的事情

此道虽非阳关却属正当
谁料会如此拥挤如此肮脏

喘不过气的你
手脚似被一千条绳索捆绑
身上似叮满千百条蚂蟥

欲罢不能，"万有引力"
让你无法停止思想
也无法就地"大自在长休息"

求生的本能终于让你
从十八层地狱爬出
逐渐恢复呼吸、恢复记忆！

（三）

感谢上苍，让万物之灵
充满奇思异想

一条流了千百年的河
谁可以强使它改道
强迫它停止流淌？

啊，心灵之河
生命之河

在未来的世纪

将会流向何方？

2014 年

47 你为何缄默？

（一）

跳得再高也是在梁上
梦得再美也是在夜里

是谁卡住你的咽喉
任性编排故事情节
弯来绕去不着边际

这又能否改变
缄默严守的真理？

（二）

缄默是江郎的无声
还是千钧一发的淡定
无从知晓也无可奉告
你也许自己都不知道

难以言说的心语
还来不及告白

为何竟拂袖而去？
虚空并非真空
混沌厚黑江湖
被不怀好意的目光盯住
内心的清泉怎能流出？

是否唯有隐遁？
哪儿有永恒的避难所？
谁不会欺辱
不会说谎的灵魂？

2014 年

48 你的生命属于谁？

父母给了你生命
给了你兄弟姐妹
你在伊甸园似的家庭长大
然后成了自己的一个小家
可你想当然筑建的小家
为何会失之千里？

本本分分恪尽职守
担当责任与义务
却为何竟越活越糊涂
不明白你的生命究竟属于谁

这世上有许多肮脏的东西
你不找它，它会找你
你甚至无法躲避

当你无奈生死离别
孤身荒野况味凄凉
被夜的黑沉沉围裹
你是否还能幽它一默
权当是看风景的旁观者？

当丧失底线的邪灵
不请自来不绝于耳
精神濒临崩溃
你是否还能对自己说：罢了
它们只是"调味品"而已？

没进出过死神的领地
你能否参透生命？
你能否解答：
归根结底，你的生命
究竟属于谁？

2014 年

49 "气度"与"宽容"

（一）

你说：做人要有气度
可我不太清楚
"气度"该如何定义？
又会出自何人之口？

审时度势游刃有余
与时俱进倒把投机
谄媚阿谀见风使舵
这是否也算"气度"？

关上通往遥远之门
明天便与"我的今天"无关
一夜鱼水高于公理
一己之欲高于正义
你的这种"知己"
是否"有气度地做人"？

啊，宽容，你的"气度"
为何让我的视野变得浑浊迷离？

2014 年

50 不走运的诗人

（一）

好像是一场噩梦：
一个从未见过的怪物
针眼嘴山丘腹，上面
站着一个力大无比的巨人
不知来自何处

（二）

诗人啊，你来自哪个星球
何故流落此地？
是谁欲把你逮进动物园
圈养成供观赏的珍稀尤物？

心术耍尽威逼利诱
不从便左右封口
欲令你进退无门四面楚歌

（三）

一颗冰雪透明的诗魂
被套上无形的魔鞋
在断头台上伴乐起舞
招来形形色色的关注

看戏的人翘首以待
欣赏刽子手高超的屠术
如何不留痕迹地
一刀刀
一寸寸
撕裂你的皮肤
切割你的血肉
剁砍你的骨头
看你怎样承受
非人可以承受的
扭曲变形的万般痛苦

他们一边大笑一边饮酒
戏弄你垂死挣扎的舞姿
间或夹杂一些
廉价的赞叹或怜悯

（四）

你奄奄一息
不明白为何如此倒霉

你不曾伤害过任何生灵
你不懂为何在此地
他们寻欢作乐
可以如此狠毒如此残酷!

不过,还好
那只是一场噩梦

2013 年

51 鸽子，刺猬

你可知这尘土飞扬之地
哪儿能找到净洁的心灵？

啊，鸽子
你曾经洁白美丽
口衔橄榄枝
自由自在飞来飞去
传递和平的信息

可在这转基因的时代
一只无形的手
竟然把你变成一只刺猬
这是怎样的悲剧！

2014 年

52 采药人

（一）

你是谁
黑灯瞎火的
要去哪里？

荒山里可见一座破庙？
破庙里可见一支残烛？

就这样走呀，走呀
寻药而不见道
还被叮了一身蚊子包

好不容易收拾干净
可以"关门大吉"了！

（二）

一条直线
两端伸延
空间无限

（三）

你累极了
不如停下吧！

真的，你不用再忧愁
也不用再东奔西走
暂时就待在这儿吧
不妨两头兼顾

2014 年

53 清醒与糊涂

几千年的糊涂伴着清醒
梦了又幻的梦
失了又拾的恋
断了又续的羁绊
远远近近,弱了又强的呼唤……

是谁在心海探险
"临泰山兮江河悬"
结局是一场怎样的恩怨?

是谁、为何上天入地電摧风旋?
是谁、为何用"暖与柔"催眠?

谁能用理性战胜浪漫
让欲望屈服于尊严?

失宠于命运的旅人啊
在遥遥无期的旅途
你能否避免醉入媚园
而心怀佛眼,目睁慧眼?

2014 年

127

54 "头"与"尾"

无数个行人
无数张口

难免颠三倒四
难免错点春秋

朋友，你我同行
即是有缘
可是你右执享受
左谈追求
顾了尾
如何顾头？

你看，是否先停住脚步
看清楚地图
咱们浪费不起时间
在虚空做无谓的漫游

2014 年

55 逝者的心

你用生命写诗
每个字都是心里流出的血
每一句都浸透伤心的泪

那要逝去的
既然无可挽回
就只好让它逝去

为了活下去,暂时
你是否可以
把外面关在门外
把自己装进心里?

2014 年

56 一坛老酒

（一）

一坛老酒
深藏地下多年

"寻芳猎艳"的人们
千方百计
欲开掘醉饮
点缀垃圾场上
饥渴的狂欢

（二）

苦行僧啊
你一生一世的默契
续千年之求索
是谁、为何将这苦难的行程
偷梁换柱，变成
风月场上的游戏？

2013 年

57 摘不下的面具

你为何始终不肯
摘下面具？

谁是"清流"？
谁是"循吏"？
谁身上挂满
乒吟乒唧的油瓶？

都似在高谈阔论
都似满腹经纶
谁知一不小心
就可能落入陷阱

2014 年

58 哈哈镜里的风情

青山壁立，绿水长流
一幅多美的风景！

"阳刚与阴柔的变奏"
曾孕生多少动人的诗句
为何竟落入沼泽地
成了"临时抱佛脚"的工具？

青天白日之下
英雄荷戟何彷徨？
美色勾魂
是谁的及时雨？

"横刀立马"醉眼蒙眬的"英雄"
如何让温情脉脉的"爱人"
跟你沿着崎岖"小路"上战场杀敌？

送你一面镜子
看看自己有多滑稽！

2013 年

59 大路朝天

你欲斩断谁的想象
扰乱谁的思维
侮辱谁的情感
践踏谁的尊严？

大路朝天，你为何
如此霸道胡搅蛮缠
谁是所谓的"肥水"
谁是所谓的"外人田"？

难道你忘了豆萁难煎
生命平等
即便渺小卑微
也神圣不可侵犯！

2014 年

60 虚空里的圆

虚空里的圆
是无形的圈

谁欲吞下这定心丸
当上权势的奴隶
了却平生所愿？

无耻近乎勇
天高云不淡

谁借"左邻"的高贵
为"右舍"的孽债繁衍？

这是乌云蔽日的黑暗
还是人性本能的局限？

2013 年

61 "破 竹"

（一）

静久思动
动在静中

何时两眼成四目
何时四目变两眼？

为何有时候
"佛眼"也会盲目？

（二）

借问含悲之鸿，
为何"独守偏执，一意孤行"
不到花甲便油尽灯枯？

转基因商品时代
你若初衷未改
任绝笔之马恣意驰骋
必不难分辨赝真

可你的翅膀为何如此沉重？

唯叹"破竹之哀"

何处悲鸿？

2013 年

62 "气度"新解

这不是你的一亩三分地
你懂井水不犯河水,所以
你选择远远离开

可是不知为何
有人总想让你搅和
说这是"做人有气度"

自守洁净被释为狭隘
成了 negative energy
这是什么道理
是否正反颠倒黑白混淆?

唉,若是一地泥潭
如何分辨界限!

2013 年

137

63 何以"媚"弄"梅"

（一）

小小紫砂壶
你来自何处？
嘴尖肚圆，so cute！
谁让你身怀绝技
"滴水成冰
吐气成雾"？
你美而非媚

（二）

谁是你的"茶花女"？
谁是你的主人？
谁在唱"谢主隆恩"？
谁在"送肉上砧"？

（三）

寒梅非媚
冰天雪地

清姿傲骨

何以"媚"弄"梅"?

一弄有音

二弄有韵

三弄为何寂然无语?

2014 年

64 罪与罚

（一）

爱之深，罪
恨之切，罚

什么样的人
恨可以入骨
爱可以铭心？

什么样的人
只南北嬉戏
不回不归？

（二）

朋友，你玩过这种游戏吗？
先蒙上对方的眼
让他对至爱之物产生依恋
然后进行"割舍"
"老虎凳""辣椒水""迷幻乐"
"禁闭""毒气"无所不用其极

你在一旁摄像观察
看不设防的心怎样被撕裂

这是丛林世界的镜头之一
从一粒沙的际遇
看一代人的悲剧
从一滴水的经历
看一种时代的原罪

2014 年

65 棋子，"卷帘曲"

（一）

烧火棍与打狗棍
可以是同一根

你手中做实验的两枚棋子
为何难以合意？

用一柄大刀冲锋陷阵披荆斩棘
让一座绣楼期期艾艾柔情蜜意
你手中有一面魔镜
上面贴的商标叫"公正"

（二）

啊，音乐人
你这"卷帘曲"
如此缠绵悱恻幽凉
你有过怎样的境遇？

山的胸襟，山的情义

不幸被酸雨侵蚀了植被
生命缺乏空气与水
不知你将怎样谱曲？

置身于历史的拐点
亡羊补牢是否还来得及？
你如何用过去谱写未来
让无家可归者归有所依？

2014 年

66 镜子里的人性

能否擦净历史之镜？
能否照清异化的人性？

有些镜头难分今古
为何永似循环往复？

比如，忠良蒙受冤屈
纯真易遭戏弄
谄媚总得恩宠，等等

总有善男信女前仆后继
总是情天恨海无止无休

在"爱"字满天飞的时代
"救生圈"是否必备之物？

假如你一诺千金而心缘已尽
是否还能劫难还生？

信用如羽的时空
千钧之重的背影
承载的是怎样的负荷？

2014 年

67 心的废墟

万绿丛中一点红
此道何处袖春风？

在心的废墟上
你用钞票在你我之间
筑起一道厚厚的城墙

那座心灵之城
（曾经用多少血肉喂养）
如今还在吗？

2014 年

68 消失的"灵"

你左冲右刺
将我活生生地撕裂
喝我心里流出来的血
让歌姬舞伎狂欢醉饮
让本真之灵一点点枯竭

喜爱自然的诗人啊
当你消失后
是否会留下一丝痕迹？

其实无所谓，你说
在如此堕落糜烂之地
苟存的一切
又有何意义？

2014 年

69 致鲁迅先生

鲁迅先生
我自小就崇拜您

二十世纪七十年代的一天
我一拿到挣的第一月工资——15元
就兴冲冲跑去书店
把你的一整套单行本全部买来
花去了将近12元

在中学时代
读《狂人日记》
您说过那本书里
每一页,都写着"吃人"
我不懂是假是真

但您说,"老实
是无用的别名"
这一点我心领神会

还有,我不懂为何
在我们的文字里

147

宽容，这蕴含良善的词语

常常冠冕堂皇地

成了藏污纳垢的别名

2014 年

70 只去不回的水

窗外春光明媚
一派盎然生机

内心，往日的记忆
无尽，难以平息
损耗精神
吞噬机体

又怎能长久
只去不回的水

到生命终止时
放不下的
还是你

可知道的
除了天与地
还有谁？

2010 年

71 忘记是否放弃？

（一）

最珍贵的
你没有珍惜
只留下分分秒秒
日日夜夜的水滴

唉，随它去吧
心需要安宁

（二）

心路即是印证
其实，你所描述过的
并非是乌有之地

只叹本能的自私贪婪
偷抢奸淫，追名逐利
人性人心难以维持收支平衡
给予弥补不了索取

路何其遥远

岂吾辈所能及！

2014 年

Part Three

湖边的故事

Stories beside the Lake

72 湖边的故事

（一）

当年，那个不满五岁的小女孩
被急流卷入水底
本能地，她伸出小手
拼命去抓大块的石头
想靠石头的重量支撑站起

可明明躺在水底的石头
一抓在手里，就随她的身子
浮起来漂流而去
无论怎样挣扎
脚跟无法站立
直到被在河边洗衣的
老大娘拦腰捞起

后来，四处漂泊的她
一直在寻找那块石头
那块可以支撑她的石头
支撑她永远长不大的
不谙尘世的童心

（二）

一曲命运交响
虚空里两颗游离世外的灵魂
不期而遇，碰撞的刹那
一道电光闪过
在夜幕降临的黄昏

撞碎的灵魂
漫天洒落
一片风雨迷离

（三）

春去秋来，她还在等待
一生都在寻找的那块石头
是否会从湖底出现

是否会有出其不意的奇迹
在湖边出现？

2013 年

73 迪士尼乐园的记忆

在迪士尼乐园的一家玩具店
敞开的柜台里
聚着一堆大小不一
很抢眼、很可爱的
彩虹条纹的金绒鱼

走过去，随手拿起一条
温暖而柔软
澄、金、黑、白，四色相间的热带纹鱼
就在拿起它的瞬间
你顿时来到心里

这么巧，是偶然
还是天意？
当时就决定
买下这条鱼
（虽然这只是属于儿童的玩具）

身边的亲友说另选一条
做工更精细
绒毛更均匀

鱼嘴笑得更自然、更滑稽

可我说不用，就这条了
当然，我没告诉她们为什么
这是我心里的秘密
而且希望这是天意

2012 年

74 等候的身影

你这古长安的导游
反反复复喊着"起驾落驾"
冷热佳肴五味掺杂
一个个出其不意的惊喜
伴随着不甘放弃的疲惫

意志可以坚韧隐忍
而肠胃却不听指挥

终于病倒了
滞后掉队延误行程
不过,也未必是坏事
脆弱多思的身心
需要调整,休息

时有不安,但是
你必会等候
当旅人精力恢复重新上路
会看见你的身影
就等在路口

2013 年

75 心之舟

那顶飘落的草帽
应该还能找到

那支钢琴上的烛光
应该还亮着
那首小夜曲
应还有余音缭绕

那片夹在日记里的枫叶
也该还映衬着龙蛇蜿蜒的字迹
记下的那首小诗

对不起，让你久等了！

一声浅浅的问候
盼一叶心之舟
驶来港口

2011 年

76 阔别之后

阔别三载,只有平静
可以发生的与不该发生的
居然都没有发生,可为何
临别又是一场大雪?

凌晨的空巷一片白茫茫
已经平和的心思
为何又生出难以言说的忧伤?

寒冷的空气里
飘来豆浆油条的香味

又有话语自心底流出
谁知道个中缘由?

2012 年

77 代 价

深刻与浅显
复杂与简单
谁与痛苦结下
解不开的缘？

你说，别想那么多
只要顺流而下：
Just live，laugh，and love！

真理与真情的代价
在天平上会平衡吗？

有人说没有痛彻心扉过
就不算真正活过！

黑夜里的哭声
既然无法绕过
是否只有臣服？

当你轻快地说：
"我总是像天使一样快乐！"

我不愿相信

这不是在骗你自己

就是在骗我！

2014 年

78 反客为主

你动了恻隐之心
为她敞开你的家门
就当作是自己的孩子
事事关注，大至学业
小到衣食住行

始料未及，并不长的时间里
她成了他的情妇
你欲哭无泪，选择了离开
从此，你由主人变成了客人

2010 年

79 抓狂的时刻

你们这一代人
没有过童年
没有过青春时代
在应开花的季节
谁经历过翻江倒海的情爱?

因为谁的存在
它来了,虽然迟迟才来

奇妙的火焰
在内心燃烧
理性之水无法浇灭
如同蓄积多年的火山
熔岩欲冲天飞溅

诗人,这是抓狂的时刻
诗与音乐的旋律勾魂摄魄!

无法解脱的深陷之苦
有毒的箭头
刺进你的血管

毒液和着血一起流

此时此刻，诗人
是人是鬼是妖是狐
你是否都不会在乎？

可是你在乎
你向神明求救：
神啊，请饶恕
素来不给您添堵的诗人
此时，需要您的帮助

请赐予一支解毒药吧
请助一臂之力
让挣扎中的诗人清醒
清醒的心灵才有自由！

2010 年

80 你，小朋友！

你说，生命之诗
是涓涓流淌的清泉
滋润你干渴的心田
洗涤你灵魂的污斑
是你在黑夜里
生命之旅唯一的灯塔

若真的如此，谢谢
你的美言，让我
感受到一种
难以描述的心暖
如果我的诗
让你得到重生
我就感到无比的快乐

只要你感到快乐
我就觉得幸福

2011 年

81 图　存

终于有了勇气

精力和时间

把过去都装订成册

分类编目

放进自己的

图书馆

一身轻松

若命运垂青

再有机遇轮回

欲写新书时

用作参考资料

过去的

就没白白过去

2011 年

82 诗　集

因为一首诗

如此殚精竭虑

让你难以呼吸

为此,你愿意

尽管世道险恶

也心甘情愿

冒一次从未冒过的险

呈上你的处女作

你的第一本诗集,里面

录着你本真的灵魂

肉体与精神的三位一体

在面具盛行的时代

你愿呈现一个完完全全的自己

相信同样纯真的诗人

不会拿去叫卖

不会亵渎一颗

未经污染的童心

2011 年

83 梦 呓

假如没有那场

突如其来的暴风雨

将你卷入海底，你愿意

远离尘世的喧嚣

同诗人携手

一道去寻找

那条在静谧的林中

流了几万年的小溪

沉浸在那条林中的小溪

自由自在地享受

自然赋予的生命

2011 年

84 飞白里的字

那幅兼工带写的山水
留下的不是空白
是飞白，飞白里藏着一个
吞下去的字

因为你的心绪
总是那样
风雨飘摇不定
我的笔墨
只好在云山雾海里
隐居

2011 年

85 心的距离

你的心绪
如此烦乱无定
情感的秋千
让人头昏目眩
以至看不懂
就在眼前的风景

不知何时何地何因
一个会毫无先兆地感冒发烧
一个还在深深担忧心事重重
一个却又不治自愈出乎预料

也不知何时何地何因
一个被无端抛到半空
上不沾天下不着地
正沉醉于倏然的涨潮
刹那间又潮退浪消

一个无所适从精神分裂
一个难以割断痛苦不安

一个变得沉默
从远处静静地看着守着

一个却不知道
有这样一双关注的眼神
守着生命的墓地

2011 年

86 "植物人"

夕阳披着风衣
风衣下护着蓓蕾
蓓蕾期待朝霞升起

你千呼万唤
将"植物人"唤醒

欲重新开启的生命
是否能冲破大气压力？

2011 年

87 你 们

你把内心的阳光给了他
他变得鲜活有力
你却遭到魔鬼的报复
心伤神损而枯萎

为了息事宁人
你藏进深山，一袭黑衣

可正如日夜相继
悲喜共溶于水
你在他魂里
他在你心里
你们如何分离？

2011 年

88 难为之情

半生修养性灵
苦寒志洁载物

如今被魔影缠住
疯狂撕扯咬噬
一颗孤独的心

是一醉不醒
还是玉石俱焚

神啊，您可不可以
让一个不知所措的生命
放纵一回，免堕地狱？

2011 年

89 太阳的情绪

太阳若停止焚烧
地球将永坠黑夜
地球若丧失引力
太阳会否失衡出轨？

人类无止境的索取
让地球百孔千疮
失序失重的地球
是否会让太阳沉坠？

亿万年来的日心
能量取之不尽

当无数自我中心的小太阳
旋天转地杂乱无章
整个太阳系
将会是怎样的结局？

2011 年

177

90 关于"情"

情由心生
默默在心
是欣赏，感动
是理解，容忍
即便被误解
痛在心里
也不舍得
恶言相对

但有一条
需纯净无欺

是信任
互为依存
甘苦同舟
合二为一
"直教生死相许"

情不是游戏
不是调戏
不是今朝有酒今朝醉

明朝又去找替身

如此形离
心苦自知
虽已形别
关爱长存

2011 年

91 风雪除夕

命交西游
年年伤别离
岁岁复西东

风雪除夕夜
满腹都是愁

更有风云野渡
不招自来何由

幽灵遇孤魂
满耳都是忧

2011 年

92 克 星

欲望是自我的克星
无奈毁己毁人

山涧一条清流
难容污秽之物

走过风雪泥泞
终抵清虚之境

自此日落月升
可观可吟

修来的福分
平安,感恩!

2011 年

93 误 会

凡存在的
不一定都合理

否则,怎会在
错误的时间
错误的地点
与错误的对手
来一场
不必要的生死之战?

2011 年

94 "得意忘形"

之道

师傅，您说过
"世人好小术
小术不是道
器具若浅小
怎可闻大道"

顾三前，盼七星
行路"进退顾盼定"

太极入道环环道
大树招风也遮阴

地下藏阴中之阳
地上含阳中之阴

欲达平衡须破执
如何由执达破？

太极"得意忘形"

才是终身修为的至境

身置万象迷惘的尘世
你如何超越到中庸有度
舍己从人？

2013 年

95 忘不了的山歌

小时候住过的小镇

周遭的山民

大都能扯着嗓子唱歌

有一首耳熟能详

从未刻意去记

却不知为何，其旋律

时常会冒出心底

伴我走南闯北从未忘记：

"小河的水呀静静地流

知心的话儿藏在心头

往年天旱庄稼人发愁

老牛车水慢悠悠

哟嗬……咧呀……

辛辛苦苦半夜挑水

几十亩稻子干枯了头……"

每当这歌的旋律响起

就感到一种久违的欣慰

不知如何用五线谱记下

真是可惜，只能把它装在心里

2013 年 1 月 25 日

96 "音乐盒"

音符钻进你的机体
入骨入髓，不知自何时起
你与这"音乐盒"已无法分离

血液在沸腾
心灵在燃烧
无法解脱无可救药

谁玩的噬灵魔术
让毫不设防的诗心
陷入地狱的迷局
不能求生也不可求死
如不堪承受的凌迟

好在天道难欺
云过灵醒
理智居持光阴
"神庙"重获安宁

2013 年

97 是 谁？

这初生的芽
种在星空下
高高的山冈上
沐日月精华

一曲"海誓"涌来
波动时空四维
直钻进你心里

想出一千个理由
都无济于事
你不能够，也做不到
只有忍受一切
远离是非之地

天使琴弦，魔鬼行径
能奏出怎样的和音？

这是谁的设计

为何如此组合乐队
为何将天籁变成野兽的摇滚？

噪音须回避
垃圾得摒弃

只有甘霖可以渗透
融化在血液里

2012 年

98 林间小路

四月底，午阳和煦
林间小路已无积雪
湖里的冰也已融尽

黑礁岛上鸟羽翩翩
一只离群的白鸥
在黛蓝的湖面浮荡
离岸不远

湖中心至天边
大雾茫茫蒸腾
间或峰影隐约
像孕育着希望

源源无尽的诗意
蕴藏在朦胧未开的远方

2013 年 4 月 29 日

99 "诺贝尔奖"

当楼群愈来愈高耸密集
为何你愈来愈像侏儒？
心术愈深，欲望愈大
你的脸上散发着颓靡

你定义的"诺贝尔奖"
可生出金钱名利爱欲
能否带来世界和平？

良心安宁与天下安定
二者是否难解难分？

世上最高的奖赏
是否难以企及的"神性"？

2014 年

100 何不锦上添花？

（一）

是否因为只认真理
所以你的"友朋"成了希珍？

在功利推动的尘世
联谊离不开利益
尤其是黑幕下的交易
惧怕通往真理之桥的证据

（二）

看来你这一生
从小看大到老
都注定不是做宠物的料

何不锦上添花
对着光亮欢笑？
为何自讨没趣
总把镜头聚焦于
陷入绝望的角落？

191

你的心告诉你

在阳光照不到之地

多是在挣扎中渴求希望的生命！

2015 年

101 破　执

何谓执
何为破执？

物与非物
归真返璞
哪些执须破，可破
哪些执不可破，破不了？

生死之执
是否可破
如何破？

2014 年

102 堕落时代

种德难得富裕
修身无须豪宅

弃失真诚信任
乐声不再感人

一生独守的清芬
只能在冰山封存

堕落时代的聚光灯下
一出出荒诞剧高潮迭起

人们看得津津有味
全然不管灾祸是否将来临

2013 年

103 记忆的错位

（一）

在古长城废墟的最高处
是否还能看见你的身影？

大湖边那声长长的呼唤
是否还徘徊在耳边？

水仍在流
山不停消长
你的音乐，能否重奏
那一生一世的绝响？

心灵缘分
在时空留下问号

风，应该还记得
音乐的旋律

可你的琴呢

如今去了哪里？

2014 年

104 被蒙上眼的荆棘鸟

（一）

设想是一场解构游戏
让一个无猜无防的盲人
掉入虚无缥缈的陷阱

美妙的琴声成了一柄
杀人不见血的利刃
这变异何其残忍！

啊，被蒙上眼的荆棘鸟
为何再也听不见你的歌声？
你有何种难言的迷茫？
你有何等难愈的心伤？

（二）

希望染上重症
梦想病入膏肓
彩虹何时已褪成灰白
谁还在欺世盗名？

一个冷酷空虚的世界
谁在醉生梦死苟且偷生？
让灵性麻木，理性迟钝
阴云密布的酸雨雾霾
笼罩山川河流城市村庄
天空似巨大无比的烟囱
呼吸留下干咳的苦涩
咽喉说不出话只好沉默

苍凉满目
何谓以死为生
以失为得？

2014 年

105 四　月

四月的山林
四月的河流
四月的静海
为何都染上一片
冰冷的色彩？
是谁，为何将希望化为绝望？

你只顾让内心的清泉流淌
却招来无数吸血的蚂蟥
圈熊取胆，敲骨吸髓
你只得绝食让自己死亡
饿死那些贪得无厌
无孔不入的蚂蟥

可是，同归于尽的结局
让这个春天变得如此荒凉
虽然花草仍然生长开放
已没有了思想，没有了海浪
听不见你清纯的歌唱……

似被谁的声音唤醒

将身上飞溅的污泥洗净
让伤痕累累的心安息

尊严——一座不会低头、难以逾越的高山
自由——一颗不堪侮辱的灵魂得靠自己拯救

2014 年

Part Four

山寺钟声

Bell Rings in the Mountain-Temple

106 静看云烟

弩马识途心有余

顽石固顽罕游移

高天守诺唯缄语

冷雨敲窗漏玄机

寒星晓月独归隐

红叶知秋自飘离

每去湖山观落日

静看云烟不思归

2009 年 12 月

107 真与假

（一）

一位贤者曾经说过
高贵的情感羞于表达
可如今的羞耻心
何以被涤荡殆尽？

用"伟哥"维持高潮迭起
"赤身裸体"的叫卖充斥于市
众目睽睽习以为常视而不见
你说是可笑还是可悲？

（二）

"梦回大唐"的歌舞
几百元一张的门票
却因头疼而浪费了

不过，你回来经典地说
这种戏，"没去会后悔一阵子
去了则会后悔一辈子"

真的，没去或许是幸事
在驻地好好休息
准备次日的行程

2014 年

詩

108 "流水宴"

一个善做一碟碟开胃的凉菜
或餐后甜点
一个能烧出一道道大菜
无论"家聚"或"国宴"

两颗心灵的配合
由偶然到自然、必然
用笔墨调出这一桌桌
精美传世的大餐
竟如此璧合珠联

一个沉醉于纯灵的火花
一个却戴上面具张牙舞爪
一个终于决定"罢工"
终止这"流水宴"的变种

可叹共厨酿造的诗歌
沦为一场过去的幻梦

2011 年

109 广义与狭义的爱

（一）

广义的江河湖海
都一脉相连
狭义的每条河流
都有既定的河道
每个湖泊都有自己独守的方圆

爱情的"画地为牢"
是贞洁、秩序与信任

对于任性泛滥的灾难
无法改变就只好莫言

（二）

是谁在操纵搅拌机
混淆真真假假是是非非？
为何真诚无欺成了异数？

"Soulmate"靠什么居高临下？

俨然扮"太后"颐指气使

顺则"天鹅"，逆则"野鸭"

为何要如此虐待无邪的诗心？

人性啊，为何可以肆无忌惮

用娼淫调戏纯朴

用无耻嘲弄剜心之苦的艺术？

2013 年

110 "魔鬼"加
"爱人"

你一路作陪
是护送，还是押送？

胡萝卜加大棒同举并用
为何时时要人揣度
你喜怒无常的魔心？

无论出于何种动机
都应记取"长亭复短亭"
一路绝美的风景

时而晴空万里风平浪静
时而虎狼当道险象环生
此一时温情融洽销魂蚀骨
彼一时轻慢狂傲窒心辱灵

"魔鬼"加"爱人"
让诗心如困兽难退难进

209

不过,与天下为善者没有敌人

随你去去回回

良知终定明天的行程

2014 年

111 下山的路

（一）

下山的步伐
不急不慢
劫后余生
有出乎意料的收成

网破鱼未死
踩过万重荆棘
释放自由的身心
愿所有爱恨情仇的章节
都已经过目翻页

（二）

封存几十年的酸甜苦辣
在百丈断崖倾泻而下
Niagara Falls 让你粉身碎骨
溅起的水花织成迷雾
蒙蒙中升起一道彩虹
玉碎魂销地炫目

就悬挂在那吞噬一切的夜空
伴一天星河入梦

啊,生命之河
剧变之后
缓缓归于平静
不再受制于人
不再被物左右
自在复逍遥
从远古洪荒
向远方的远方流淌

2014 年

112 写给自己

美丽的文字
美妙的乐音
这一切多令人沉醉
谁知道会包藏祸心?

一个时代结束
世界无论走上坡路还是下坡路
生命还在继续

人性堕落,市场糜烂
死魂灵的废墟上
谁在忘乎所以地雀跃
谁不易记取却易被忘却
用什么催眠让思想瘫痪
让醒悟者窒息?

你这倒霉的诗人
是否还在呼吸?

存在与非存在
现实与超现实

谁能界定你的思维与意志？

为何 Marx 要说：人必须

Shape your own destiny！

2014 年

113 虚与实的爱恋

（一）

是什么样的乐音
激活你心底的熔岩
几十年不言不语一朝倾泻如瀑
无法遏制，无法收回

但是，理性绝不会松口
将最珍贵的情感摆上公众祭台
那儿鱼龙混杂
有兔羊也有狮虎
正张开血盆大口等待

知你懂你的终会明白
纯真无邪的爱
将在诗之船里永久地承载

嫉恨曲解你的也有其因
若从未体味过人间真情
只持以 Sociopath 的心态操琴配乐
又怎能感知何谓实实在在？

（二）

乡思乡恋如水
无论何时何地

自彼岸的黄山之巅
长安的始皇之陵
京城古老的墙壁
旧胡同旁天主教堂里
一排排无声的长椅
到夜幕下的黄浦江岸
处处留下漂泊的足迹

还有什么，还有什么能占据
我的心，让你
从我心底消逝

终归是无法忘记
只轻轻念着你的名字
以安抚自己的心神
你能感知这一切吗
我的心灵火炬！

2013 年

114 悬崖边

（一）

没闯过生死关的凶险
没磨砺过泣血带泪的情感
怎能孕生震撼心灵的艺术？

由"豆蔻情怀"
"升华"至"妃嫔境界"
俏悦娇嗔忸怩作态
攀西比东钩心斗角
这是一种怎样的生命？

你只走你的路吧
抱朴守拙归真
不惧天涯岑寂"蜀道难"
同心同德不同行！

（二）

心底的泉水
止或流听其自然

岂能装模作样表演？

举目对苍天
悬崖边的呐喊
按捺不住的冲动
诗人，你是纵身跳下
还是就此止步？

（三）

用石头般的光阴去填补
那云烟似的虚拟
需要怎样的生命？
能否探究到底？

2014 年

115 "雅"与"安"

（一）

是否我已经认识
整个，全部的你？

无论你送来的
是风疾雨骤
或是云轻雾迷
我都能欣然接受

是否我已经习惯了你
不再动辄生气
反而能以欣赏的眼光
以微笑对待你的疯狂？

是否我对你的理解
已经入骨入髓？

（二）

再一次，睁开眼睛

透过废墟，看见的
是否失忆？

雅安啊雅安
一个多么美丽的名字
"雅"与"安"之间
用什么维系？

（三）

每当天庭震怒
结果会迁怒于谁？
若将一切全都毁灭
新的生命
靠什么孕生？

2014 年

116 知己游戏

你是谁,谁可以做
你的知己?

一个活生生的灵魂
心灵的血泪史
为何一场闹剧不招自来?

你失眠,你绝食
你用生命在呼唤
失去的纯真、良知、正义

你从昏迷中醒来
满目充斥的明枪暗箭
涂着炫目的污秽

心身沉抑
被压得喘不过气

上帝啊,请开启
被窒息关闭的心灵
请昭示何为天理!

2013 年

221

117 再致 Lexi

Oh，Lexi！
你只是一条小狗
可是你为何有如此
善而纯的眼神
令我生出无比的
爱怜！

不由自主地
我也双手着地
趴在你面前
以同样
善而纯的眼神
看着你

我模仿着你
想学会你的能耐
可以做你的同伴，可是
在进化链上
我们毕竟属于不同的层次
虽然你我都是
这个地球上的生灵

纵使你明白我的眼神
似是而非地听懂
我的言语
我可以抚慰你
可你终究无法读懂
我的诗，你只是
一条小狗

但我还是感谢你
缘分，让我们
在命定的层次
栖居一室

2014 年

118 戴错的"戒指"

(一)

这是
怎样的风
怎样的雨
怎样的雪
怎样的云?

你的心
为何剧痛?
你的伤悲
为何无法抑制?

何谓前世知己
为何不容你安宁?

(二)

为何如此轻信
被何物锁住了心魂?

（三）

既已云开雾散
为何费尽心力也无法挣脱锁链？
你以为理性的诗心
早如止水百毒不侵
没想到面临秋冬霜雪
你竟是如此脆弱
无能为力！

2013 年 4 月

詩

119 悟 净

（一）

一对对，一群群
花枝招展的新娘伴娘
衣冠鲜亮的新郎伴郎
幸福洋溢的欢笑声浪……

啊，你们这一代生来就缺失的
从未体味过的青春时光！

（二）

你敞开童真的情怀
欲拥抱整个世界
可迎面扑来的
是一次次欲置你于死地的残忍
你如何再拾起心的碎片？

带毒的箭
一而再，再而三
刺向你关闭多年的襟怀

不染尘埃的童灵
是否经得住摧残？

（三）

理性的冰雪覆盖
生命微弱的气息
你终究决定离开
这是最不坏的无奈

远离聚光灯
远离明争暗斗
远离虚伪
远离污秽

（四）

蓝天白云之下
大湖浩渺
森林清幽
纯净的空气与水
沐浴疲惫的心身
安抚漂泊之魂
重返平和宁静

Oh，I love to be here!

2014 年

120 人情与自然

（一）

是否人之常情
丢失的信任难再找回？

被一再践踏的无辜
怎会再无忌讳
纵有心语千万
怎能再与之倾吐？

相信你自己吧：
伤痛必能康复
在大自然里徜徉
继续生命的歌唱

大自然应不会欺诈
没有人世的厚黑心术
只有道，自然之道
修养心神，和和睦睦

（二）

和风掠过湖面
阳光下金波万点
卸下包袱彻底放松
又来到林中散步

小路边还有积雪
是冬末春寒的遗留
不紧不慢地融化
流入一个个"小水库"

在潮湿的空气里漫步
脚下扬不起尘土
啊，多么惬意多么闲适
多么宁静美好的下午！

2013 年 5 月 20 日

121 Moon-phobia

燃烧的火焰
铺天盖地的烽烟
仍历历在目

让你欣慰、感动、自豪
激发你种种情愫的
关乎月亮的音乐、摄影、绘画、诗歌
仍未在记忆里走远

为何电视里一闪而过的画面——
静夜非洲，大地丛林，月亮高悬
激起你瞬间的心悸、悚然？

是否伤害如此之深
自己都不知不觉
自何时起，患上了 Moon-phobia？

没听说过因月亮的美
而患上恐月症
谁能看懂这悲剧？

身心俱疲的你
不能再去重蹈沧海
简单的衣食住行
简单的友情
简单的一切
足矣！

2014 年

122 人参草

林中杂草丛生
狼披着羊皮
挥舞一把大"情锄"
垦荒除草修地球

一棵不显眼的人参草
误为杂草被锄掉
埋在土里的根须
只好往地下生长

2014 年

123 海边的琴声

你在大海边弹琴
海的誓言汹涌而坚定
你再一次敞开关闭的心门
听了一遍又一遍
欲罢不能！

可以想出一千个理由
恨怨无数次徘徊
可是你不能够离开
对琴声的爱如此之深

可以忍受一切磨难
即使远离也无法舍弃
你如此深沉的爱
因为这永不消失的琴声

2014 年

124 又来到林中小路

（一）

终于过去了
一个几十年罕见的严冬
又看见那只白鸥
在黛绿的水面沉浮

湖中心依旧大雾迷蒙
彼岸远山依旧影影绰绰
朦胧中总藏有无尽的故事
希望或绝望
绝望或希望
都在蒸腾的雾中

（二）

一个摆脱不了的梦魇
时时刻刻在头顶盘旋
为何，为何，如此难以消散
你心中无休无止的思念

你深深爱恋这片家园
所以要继续写你的诗篇
"月之歌"如此温柔感人
虽然,也许只是在拍戏
照旧激起你心底的涟漪

唉,这一生将如何走出炼狱
乐音已牢牢拴住你的灵魂

(三)

你无法停止写诗
因为你无法停止思念
诗歌于你有狗一样的忠诚
远胜于一些人的薄义寡情

你深知自由更可贵
可自由又是为何
难道不是为了至善至真?

(四)

在茫茫人海相遇
一份真情镌刻在心底
你只想守住爱的贞洁
可为何神圣的二人世界
有人要在市场上拍卖?

源自心底的清流

为何会招引肮脏的目光？
难道梦之花只能开在心底
直至生命枯萎？

神啊，一颗童心祈望您的关爱
保护不染尘埃的诗心！

2014 年

125 人上人

何为真君子？
是否真君子的定义
是能上能下
能屈能伸？

你高高在上
不能舍身入地
不肯体察入微
焉能鹏程万里？

是否像"贵族"一样生存
就是你定义的人上人的标本？

可你的第一桶金从何而来
吸干了多少人的血泪
人们或许已忘了原罪
忘了弱势者的不幸

偶然也会被真与善吸引
终究免不了叶公好龙的结局

2014 年

126 诗、山水

（一）

让你再去地狱受苦
请给出一千个理由

难道只有梦里的恋情
才能激活灵感的诗心？

（二）

岁月无情
而人有情

感谢友人带来的善意
善意带来宁静
感谢暑期的到来
好去山水滋养身心

2013 年

127 守不住的秘密

海子，你为何
在"春暖花开"之后
去山海关卧轨？

我欲写阳春三月
总也无法动笔

心知肚明，却守着一个
守不住的秘密

一个你死我活的丛林
怎容得下善良纯真？

谁能中止牧场上的荒唐
假如不会撒谎的诗人都去了天堂？

2014 年

128 你我的对话

（一）

你是否自作自受
为何错认魔戒
将它戴在心上？

漂泊半世的灵魂
带着几千年的梦想

结局就是这样：
微不足道的生命
失血死去

（二）

"精血化为原上草
功首罪魁非两人"
是因为人性
还是因为环境？

（三）

今古何遥远？

镜头里还存着湘江橘子洲的远景
口里还留着坡子街火宫殿的乡味
受好奇心驱使，又一路向北
来到有清真寺大雁塔的古城

穿过闹市的五彩缤纷
在始皇陵前的广场
只见一尊高高耸立的雕像
与长安华清池遥遥相望

地下排列了两千多年的方阵
遗留下久已凝固的目光
有多少生命的秘密
未来得及说的故事
永远在冥宫里封藏？

2014 年

129 忘却的佛性

你不邀自来

嗡嗡吟唱不停

扰乱心神

我惧怕你，因为

你藏身暗处，不动声色地

就会在我手上、脚上、脖子上、脸上

凡是裸露之处

叮上一口，吸了我的血

还留下红肿奇痒难忍

你带来的痛苦

令我一时忘记佛性

一掌打去，你却早已

逃之夭夭

2013 年

130 汨罗水

（一）

上下几千年的找寻
找寻一种精神
上下几千年的聆听
聆听一种心声

清泉漫过心田
终究没挡住污染
霓虹在雾霾里闪烁
江河湖泊散发的异味
让心里如此的沉郁

（二）

几十年前的心愿
终于实现
邀几位同道
登上久仰的黄山
愿山水松石的精魂
能拯救灵性

再生圣洁的乐音

清饮汨罗之水

在思考中宁静

主动或被动

都不由人掌控

2013 年

131 千年修行

你用理智
加上十倍百倍的努力
决定忘记过去

可事与愿违
你并不希望看到过去消逝
那将是无法忍受的结局

被过去吞噬的生命
往往是写诗的缘由

身远心未行
阴影中，拐角处
常存在徘徊的灵魂

因为千年的修行
灵魂的默契守恒

2013 年

132 松石间意琴

（一）

你从沉睡中醒来
青春已不见踪影

在秋林中穿行
仿佛又听见谁在弹奏
北宋松石间意琴？

啊，这独一无二的
无可替代的魂灵

（二）

谁说纯真不会被蹂躏？
原来这么容易就能发生

也罢，声色的诱惑
凡人都难以摆脱
可是怎能容许蛇蝎妖魔乘人之危
诱惑吞噬在痛苦中分娩的心？

（三）

偷星换月
如此轻而易举
"英特纳雄耐尔"
如何变成花街灯下的闹剧？

生老病死乃自然之道
若不顾铺路人的死活
力竭色衰的命运
自己也终难绕过

自何处来
必向何处去
人人都无法悖逆！

2014 年

133 无 语

那段路无法忘记
有你同行

了不断的是人心
对理想的渴望

四面当风之际
无语，但思无静止
但愿你知晓
心泉不会干枯

2014 年

134 求 主

（一）

挣扎中的你啊！

欲望膨胀
周围的一切都在上涨
生命是否也随之延长？

生命的尊严与意义
是否物欲、色欲的天敌？

你为何如此脆弱
是否需要寻求神的庇护？

（二）

史诗音乐
音乐史诗
在你的心底
是你的生命

主啊，请佑心泉源源不止

为了这世上无处不在的孤独

2013 年

135 灵魂的回响

（一）

诗与音乐交融
成为你的命脉
原始灵魂的共鸣
怎能断裂开来？

神啊，请您
拯救生命
拯救原始灵魂
请佑这条血脉
永不枯竭

（二）

磨难产生忍耐
忍耐产生毅力

在这圣洁的教堂
任凭心声流淌
打开通向神灵的窗

上苍的声音在心底回响

（三）

愿圣洁的灵
带去圣洁的心语

殉道者孤苦的行旅
只有同心者可与同行

密封多年的老酒
一醉倾心倾情
一倾倒海排山
山海之间聚集
亘古不散的轰鸣

神啊，请佑心灵之河
循道源源流淌良善
永不污秽
永守纯真

（四）

人世间多少真情
葬身于欺骗虚伪荒淫
那暗流涌动的色欲
正散发出熏人的腐臭
驱使人远离

神啊，为何恶魔能够得逞
毁掉万载寻求的
三生石上的约定？

至尊的神啊
凡间的人们
怎样才懂得珍惜
至真至纯的爱心爱情？

这教堂里一排排长椅
几无空座人声鼎沸
你的心飞越时空
祈求神传递你圣洁的心语
祈求神保佑你圣洁的心灵

2013 年

136 山顶与山谷

登上高高的山顶
四面临风
口干舌燥思绪迟钝
纵有风光无限
内心却似荒芜

闭上双眼，任其
放松，下沉，下沉
落进深深的山谷
才又感觉到
源源诗意的涌动

深山老林悬崖峭壁
自上而下流淌的泉水
造物一尘不染的杰作
原是生命的真谛

下沉即是上升
谦逊蕴藏力量
中锋不显锋芒
陌路也通道场

2014 年

137 爱的错位

（一）

你脚踩殉道者的躯体
一路上驾轻就熟
用千丝万缕死死缠住猎物
然后又轻薄地挑逗

你可知你的作为
让诗人无法呼吸
主动脉破裂大出血
衰竭之后，只剩下
死亡的空寂

（二）

我们走过的历史
为何如此沉重如此可悲？

"爱"的荆棘之路沾满血迹
虚拟演绎廉价的情欲

怎能掩饰在苦难中挣扎的生命？

自然是否永恒

灵魂能否再生

人类欲望的陷阱

该如何用什么去填平？

2014 年

138 不同的视角

（一）

为何偏偏是你
梅雪松竹之魂
被毁了梦
被碎了心？

神啊，为何命运
会如此严惩？

难道这尘世
不会弄虚作假
就难以生存？

（二）

吸吮真爱的血
让你一天天枯萎
直至死去
你是否终于明白
为何尼采们会发疯

凡・高们会自残
海子们会卧轨?

(三)

对于挚爱的一切
你只能缄默不语

一次又一次
试探,轻薄,戏弄,荒淫
你如何去谅解
那些不似人的人?

如果你的宽容
竟然助长邪灵飞越"珠峰"
香槟里冒出的气泡
就成了"最后一根稻草"

自成方圆
忍住剜心之痛
为人的尊严
以缄默的生命维护

无声不是消沉
诗心不停跳动
你要好好活着
为了明天的诗歌

2013 年

139 自焚的游戏

人间最残忍的
除了滥杀无辜
是否摧残心灵？

毫不置疑的信任
怎可利用来钩弄诗心？

难道你不知
盲人心中自有佛眼
瞒得了天，过不了海
地球若停止自转
是否也就不再公转？

理智未失的诗人
不会醉乱诗心口吐狂言

人非禽兽
任何地方任何时候
内心高贵的情感
怎可随意亵渎？

2013 年

140 上不了的山顶

凌绝顶而览众山
豪气冲天的你
是否感受到
一览无余的乏味？

够了，已经累了
听从自己的内心
就在山谷安息
风景大同小异
何处隐存珍希？

何处是人性的"场记"
为何真与善往往不堪一击
假与丑可以残忍至极？

2013 年

141 石沉大海

（一）

皆因儿时患"痴幻"

痴幻半生梦里求

梦里佳句醒来丢

里外空空入海流

（二）

闹剧连台，法何所罚

弄虚作假怎能飞黄腾达？

为何"狐狸"爱听真话

覆水难收是"树上的乌鸦"？

（三）

被蒙住眼能否分辨真假

是否该放下任它美与丑，冬与夏

戏台上尽可称心如意

你从此便不再奉陪

除了一颗干净的心
你其实一无所有
拒受愚弄不做工具
无论工程大小行程远近
只有真诚信任才有根基

（四）

这贪婪之海
吞没了多少
不谙世事的童心

一颗寻常之心
难以激起波澜
一颗不甘之心
终将归于寂静

（五）

心若石沉大海
便再也找不回来

戴在心上的戒
只能用生命交换

被玷污的，是否能丢弃忘记？
被迷失的，是否还能够找回？

2013 年

142 互斥互补

（一）

是谁安排了这一场"马拉松"
将青壮老幼贫富娟淑装进一个池子混泳？

（二）

是否曾有过太多的 blue
便易被 pink 吸引？

是否因为你独一无二的 blue
那些（已对 pink 腻味的）行者如此被吸引
不惜变着法子给你添加染色剂
结果事与愿违
给你带来难以承受难以描述的
更冷的 blue

（三）

互斥与互补
是吸引与动力？

无论是红是蓝，是方是圆

你相信，只要这世上

还有人追随真理

这朵飘絮就能找到回家的路

2013 年

143 孤独的知己

微弱的呼唤
似从荒芜的夜野传来
千年知己
你在哪里？

死过一次的诗人
是否会眷恋穿越过的炼狱？

远离虚假的恶灵
无论是落花还是落雪
静净的归宿
是淡泊的独守

空心的喧嚣
常意味死亡
诗人在沉睡中
孕育希望

2014 年

144 种 竹

竹的高风亮节
种下生生不息

胸有正气
不妨当作"echo"
思想的自由
不为虚情所缚
任凭冷嘲热讽
无损诗心尊严

叹只叹这红尘路窄
利欲熏心，争宠斗艳
小人得"道"，鸡犬升天

退让远避邪恶
坚守真诚之道
自有良心平安

2013 年

145 说不了的谎

虚空里的影子
与阳光下的影子
有何不同？

此岸彼岸的游戏
有何相异？

诗人，宁伤己不伤人
是与生俱来的本性
你不会说谎
也学不会说谎
只愿呼吸真实的空气
净化污染之源
才能让生命长生

2014 年

146 问 谁

你想说什么呢？
我听不懂你的语言

不知你为何
要拐弯抹角

难道你吸烟过度
已丧失清亮的嗓音
谈吐似是而非
语义浑浊不明？

在污浊充斥之地
圣洁会遭受亵渎
清泉无法自内心流出
远避肮脏的目光
吞下一杯苦酒

2014 年

147 戒　毒

邪恶横行之世
伤痕累累的你
是否害怕与之对立？

是否还相信
一颗纯净如初的心
必有另一颗心与之对应？

半生寻寻觅觅
寻找心的归宿
历尽艰辛孤苦
梦醒才得顿悟

满世界要找的归宿
就是自己的内心
忠实于自己的内心
因那里住着神的声音

2014 年

148 孤独的回归

你最信任、最爱恋的人
未必不会分道扬镳
"有朝一日干鱼划水"
血的遗训能否记取？

思想与情感不可强制
不可模仿，更不能租赁

怎能以假乱真
岂能奴驭欺弄？
"陪聊"与"独处"的需要
带来多少违心背义的演出？

全球化时代的文化融合
生出多少误解与误区？

从枫红烂漫的喧嚣
回到魂之所属的孤独
大地缄默不言
容纳所有的言语

2014 年

149 再返秋林

一场噩梦：
一刀割喉
大难不死的你
又来到湖边散步
那烟波浩渺的湖水
正如你远未枯竭的思忆

还有很多的话想说
还有很多的故事要写

深秋的灌木丛
松针黄叶厚厚铺了一地
甩脚甩手
踩着沙沙作响
像嬉戏，像歌唱
彻底放松心情
空气清新
不染俗尘
没有干扰
偶与松鼠、啄木鸟，和鹿们相遇
也都相安无事
各行其道

2013 年 11 月 7 日

150 冬季的思绪

（一）

色情商业化
有何种社会功能？

红酒、舞池、帅哥、靓女
致幻的大麻
沉溺于淫靡之乡
是禁锢思想的鸦片
还是给人治病的良药？

（二）

高枝绽放的生命只有一季
不争春的是四季常青的永恒

由朦胧羞涩的初春
经繁茂而狂妄的盛夏
至收敛而萧瑟却明净的深秋
终于，我们跋涉到了冬季的理性

2014 年

151 Lexi Again

Oh，Lexi！
你后腿直立
前腿趴在我的双膝
两颗黑珍珠一动不动
直盯着我碗里的美食

你无辜而期待的眼神
让我无法安心享用

可是，我能做的
只是放下手里的餐具
在你雪白的额头上轻抚
因为，我吃的早餐
是你不能吃的
对不起，你吃了
会拉肚子！

2014 年

152 "禅"的味道

从没尝过黄连
怎知白发人心中的苦楚
没走过黄山挑夫的路
怎能真正感受黄山的日落日出

养尊处优的宠儿们
为何做的梦只能是幻象

商人拓展音乐艺术
为何更能蛊惑世道人心？
钱权色的冷漠奸诈
为何是填不满的陷阱？

谁会走一条血流尽、泪流干的路？
谁的酬劳多是辛苦？
谁怕在人前掉眼泪？
为何看不清人前谁是人？

2014 年

153 虚空里的桥

传统与后现代
感性与理性
乡村与城市
东方与西方
男人与女人
我和你……

这所有对立之间
靠什么搭起桥梁？

达，仁，哲
跨时空的稀世珍品
在异化时髦的如今
该上哪儿去找寻？

种德收德，种心收心
天地之间是良心

可为何钱权色的交易
既顶不了天也立不了地
却能隔辈传代畅销

古今中外

谁为谁掘墓？

谁为谁守节？

2014 年

154 夜半更深

夜半更深骤醒
窗外风雪正紧
伸手打开台灯
一探头，床前趴着两团
圆绒绒软乎乎的一白一黑
一个打着呼噜
一个无声有息

Oh，Lexi & Nestle！
一对尤物
太可爱了！

不由自主，心里
涌出一股爱意
有如暖阳升起

2013 年 11 月

155 从黑到夜

为何夜之后还是夜？
夜色里蠕动不停的
是将要窒息的灵魂
还是本无灵魂的皮影？

邪恶的魔盒一打开
为何再也关不回去？
无邪的童心一旦关闭
为何再也难以开启？

淡月一轮高悬夜空
扁舟一叶漂流大海
水酒一杯自斟自饮
杯里装的都是理性

人生至此收帆
心灵归回港湾
由内到外、由外到内的循环
对还未到来的明天
是否还期盼看不到边的岸？

2014 年

156 人性的半圆

想回到唐朝问一下李白
所谓"蜀道难"
可否难于人性的复杂与贪婪?

全球化的买卖瓜分天地
权势、功利、欲望的深壑
不大可能用良善填平
就连上帝也被当成工具
这是怎样的失望与伤悲!

抛却亲情、爱情、友情
还有什么不可以叫卖?
欲望的"三围"
足以搅乱、征服世界
"柳下惠"如今何处生存?

暗箱操作的蛛网
交易着被阉割的阳,被人造的阴
谁在市场上叫得最响?
谁能肆无忌惮玩弄良知于股掌?
谁能把最坏的货物推销出去

还可以立于不败之地？
谁在朝三暮四地换床？
谁在豪奢的床上畅饮？

两手空空的流浪者
何处是你生老病死的蜗居
从医院到墓地
还有多远的距离？

2014 年

157 过时与断代

（一）

当情爱变成绞索
你是否得挣脱？

当友谊变成陷阱
你是否得放弃？

周围若变得糜烂不堪
夜行人的安危得靠谁？

从有难同当有福同享大家一道走
到世上恶行成了气候

冰雪遮盖了这条河
冰河上停着一辆
或许该进博物馆的车
"是谁在唱着忧郁的歌"
在寻找内心陌生的自我？

（二）

远古的神话终于成真

人造嫦娥奔上了月球
而那波澜壮阔的时代
早已逝去，难以复制

"阿牛哥"是否还在
"刘三姐"会否再来
你是否还会唱那些老歌
你是否是过时的一代？

（三）

从何时起你学会了喝酒？
医生说，每天喝一杯
红葡萄酒有益心脏，于是
你有了一个理所当然的借口

好吧，每天一杯红酒
不为那些不着边际
毫无意义的空想
而是为了心脏的健康

你若不能与人交心
就与自己达成一致
这世上最远的距离
不是不可协调的对立
而是与人与己的貌合神离

2014 年

158 放不下的愁

鲜花美酒应有尽有
但你不可或缺
而又无法拥有的
究竟是什么呢——那
让你痛苦不堪的缘由？

流浪儿心中的痛
放不下的愁
不是这世界太小或太大
而是你回不去的家！

想想吧：托翁风烛残年的出走
以及海明威对准自己的枪口

如何变愁为喜？
你说"我醒天地在
我睡万事休"
可你若不是站着说话
能否如此洒脱无忧？

2014 年

159 距 离

"你做得还不够，
得苦心孤诣，隐忍，坚韧
默默耕耘……"
重复说若干年前的话
在此是否多此一举？

高科技带来距离的死亡
戴上面具随心所欲
其实也不过自欺欺人
在如今的 Cyberspace
全方位的监控之下
不再有任何 Privacy

靠谁顶住"黑暗的闸门"？
可以向什么屈从低头？

孤而不独，大道所致
水到渠成之日
自有宁静平和

2013 年 12 月

160 不签约的

"浮士德"

（一）

你是否有这样的本事：
给自己的肘底
送一个"暖与柔"的亲吻？

你病得不轻却拒绝就诊
不让医生开刀治疗
纵有美妙的乐音麻醉
能否自己给自己刮骨去毒？

人性，你的阴邪之处
何日能让神性的阳光穿透？

（二）

理海求真
为何陷入权色的漩涡？

你走过四季

经历过春的芽

夏的荷

秋的叶

冬的雪

你走过历史血泪斑斑的锈迹

用心读过每一条纹路

在双轨之间

你用生命做了

没有结局的了结

（三）

生命能否用作工具

若失去自主本真

为何还自鸣得意？

得意之时即走向失意

得到之时便开始失去

利益最难分离割舍

也终于难逃自然规律

人性的沼泽地险象环生

皆可追索于错综万象的俗尘

象牙塔内多具童心

"浮士德"若无签约的保证

生死会是何等艰难的事情！

2015 年

Part Five

English Poems

161 Just a Little

Thought

Just a little thought,
please do not be disturbed.

For decade after decade,
day after day,
we climb up the bed,
we climb into the day;
between darkness and light,
we produce love and hate.

Oh light,
will you be able to
get rid of the shadows?

2015

162 That Little Girl in Love

She could not help

but keep thinking about you;

she could not sleep

but turning over and over,

torturing herself.

She knows, but

she could not help!

She thought she was wrong,

but how wrong was she?

She thought that she was strong enough

to leave here, for a faraway place

where she'd be all by herself,

and focus on hard working to forget all about you.

But her heart betrayed her memory.

Every day she thought about you,

remembering every word you said and wrote

in your poems.

So she came back,

full of you in her heart.

But too late, how sad,

that you were no where to be found.

She believes that love can be faked but cannot be killed.

So she escaped to her comfort zone:

whispering to the lake,

that she'd been in a lot of pain,

that she'd missed you every day and night, terribly.

And she finally realized that

there's no way she could escape your love,

nor from loving you!

2012

163 Why Did You Take the Road of No-return?

When all's gone, you still got your brain...

1. The Dream Catcher

One day in the early 1990s,
you followed the footsteps of millions of migrant
workers,
who said good-bye to their families in the
villages they left behind
and came to X city in the south,
with hopes of changing your fate.

You found jobs on the mushrooming construction sites,
sweating during day and late night, in sunlight and rain;
huddled cold winter and hot summer in crowded shacks;
ate quick lunches with flies and mosquitoes at night;
tolerated bullies, swallowed fraud and discrimination;
and sent most of your hard-earned money back home in the
remote village.

In just a few years with the money you sent home,

your family built a 2-storey house, plus, you brought back a wife,

a young pretty girl whom you met and worked together in the south.

Life was hard because few jobs could be found close to the village.

After your second daughter was born,

you said good-bye again, southward, leaving your young wife,

daughters and your old father behind.

You moved around wherever jobs were,

saved every penny you earned, denied yourself pleasures in the cities,

and sent most of the money back every month to your family.

With more hands than jobs and competition intense,

you grabbed every opportunity you could get,

and often worked sleepless nights.

Then you became a truck driver, a better job, but a tragedy in disguise.

One day after weary hours on the road,

along with choking traffic congestion,

your unexpected accident was there waiting.

You were at fault, so they said that as long as you pay

a lump sum of money, all could be settled without calling

the police.
Wounded yourself but with no other choices, you agreed
and asked your wife for family savings to settle the misfortune.

To your utmost despair, however, news arrived with no
money.
Instead, your wife took all the family savings,
changed your children's surname, and disappeared.

Just over 30 years of age, you
had worked so hard to build a dream, now
radically shattered, with nothing left at home
but disabled you and your old father
living a sad lonely life together.

One morning, you didn't come down for breakfast.
Your father called you several times but no answer.
So he went upstairs, only to find your body
hanging down the beam, stiff, too late!

Your younger sister who married out to a far away province
came back to help with the funeral and send your old father
to a home for the elderly. She paid for the time being,
and expected to sell the house to cover the rest of your
father's living.

The house, just a few years old, soaked with your blood
and sweat,
however, was hard-to-sell on the market, because

rumors were running nearby that it's haunted,

and no one would dare to live there.

2 How to Understand You?

During the 19th century, in Durkheim's time,

it was generally believed that those who committed suicide

were psychologically ill.

When a close friend took his own life, Durkheim,

who knew his friend all too well, simply refused to believe that

the cause was the psychological illness.

This tragedy motivated his 7 years of European country tour,

to study on social causes of suicide.

His classical study discovered major patterns,

ground-breaking, on macro social causes:

Why are suicide rates higher in cities than in rural areas?

Why are male suicide rates higher than those of women?

Why do singles commit suicide more frequently

than those who live with companions?

Why are seniors' suicide rates higher than their younger

counterparts?

And there are effects of religions: Why among Christians,

are suicide rates

higher for the Protestants than Catholics?

Based on extensive case analysis,
Durkheim categorized suicide in 4 types:
Altruistic, Egoistic, Anomic,
and Fatalistic, each of these
looked alike but different.

You, the peasant Dream-Catcher, belong to which type?
In addition, there are many, many others, who took their
own lives,
such as the great poet Qu Yuan, the famous novelist Lao She,
the philosopher X,
the professor Y who taught literature, and so on and so forth.

What is the reason you cut your own life short,
now that the life so valuable that you could only own it once,
and never return once it's taken,
nor can it be copied or replaced?
What can be done to help prevent or reduce
the number of people who walk on the road of no hope?
What can we do to help people who want to continue to live
through their natural life course?

December 1, 2012

164 Your Holistic Self

Don't let anyone define who you are.
Don't let anyone control your mind and feelings.
Only you, yourself, decide, determine, and define
who you want to be, who you are, and what a real person is.

Your self is holistic.
So you're able to love.
Your love is so deep:
the longer it takes,
the deeper it is.
The love that chains your soul!

Even though, once
for so long in silence,
not a single word...
still grieving, grieving for the love lost
that you couldn't have,
but slaved your soul,
your self is holistic!

A river flows in you,

in your heart,

in your blood,

in your bone marrow...

Love sometimes is like a cancer, incurable.

Oh, you, you wish that

if your love could just come,

to join you, that very moment,

all would be fine, and you

would be back to living.

But never forget:

when you lose yourself,

you lose the ability to love.

Your self is holistic!

2012

165 The Death of

Distance

Is it true that the death of distance
brought the death of beauty?

Is it true that this is a penalty
from the unknown,
for the insatiable desires and greediness
of the humankind?

2013

166 Us and the Earth

We know all about the published statistics,
but how many of us really take them to heart
in dealing with daily micro-situations
that involve our behaving "free" desires, choices?

It took thousands of years
for the world's population to reach one billion,
yet to double that size only took a century,
then in explosive speed, from a few decades, to just over a
decade,
we've reached over 7 billion,
crowding unbalanced
on the already over-burdened Earth!

Once, a biologist played some math,
with calculations extremely complex,
that concerns the fate of the human race:
by western middle class consumption standard,
the Earth's capacity can only support
2 billion people's sustainable existence.

Today, the marriage between "Us" and the Earth
is facing a special critical moment:
how much longer can we tolerate climate change?

How much more nitrogen, methane, and carbon
can the atmosphere soak in?
How much more algae will the water surface allow to cover
that won't wipe out more fish and other species;
and plus, there are
aquifer depletion and soil erosion?

How can we turn around the tide:
with 7 billion of us occupying a world
that's not really FLAT!
Around half of us survive on less than $2.5 a day,
one third lack clean water,
and 1.5 billion children trapped in poverty;
in addition to regions where AIDS is becoming a losing battle,
there's another 1.5 billion overweight or obese adults
scattering about in the hierarchical modern world system
where the "three worlds" are not easy to join hands.

Shadowed in flashing neon lights of global cities,
could you see lost souls wandering
of the homeless and illegal immigrants?
Could you also hear again and again
the gun shots that killed innocent children
in schools when the sun was brightly shining?

Between/among all what's happened/happening,
could you see any connections/associations?

It does no harm for us,
every once in a while, to remind ourselves,
as we seem to have a tendency to easily forget things,
of the questions as ancient as our ancestors
once lived in the beginning of time:

Who are we as human beings?
Where are we from and where are we going?
What are biological vs. social beings?
What is human nature?
What do we want to achieve as a universal family?
And what is the meaning of our existence on Earth?

Today, in the middle of swirls of globalization and localization,
how do we maintain a sense of self and remain peaceful at
heart;
how do we live in harmony with those who are "not one of
us";
how do we build a relationship with Nature
which ensures the existence of our future generations?

December, 2012

Part Six

女权主义的前世今生

　　迄今为止，人类社会从原始时代一路走来，经历了无数天然与人为的灾害与苦难。三大社会因素——阶级、种族、性别在社会资源分配方面的不平等是人间和谐的主要拦路石。下面这篇文章略述西方社会在男女平等之路上的挣扎。本文曾以"西方社会学的女权主义"为题，收录在《西方人文社科前沿述评：社会学》（李捷理主编，中国人民大学出版社，2007年）一书中。

女权主义的前世今生

　　Abstract：The development of feminism in the West has experienced three major waves. The first wave, rooted in the liberal thoughts of the Age of Reason, refers to liberal feminism from the late 19th century to the early 20th century. The second wave, in addition to continuation of liberal feminism, primarily consists of socialist feminism and radical feminism and lasted from the 1960s to 1980s. since the 1990s, the third wave of new feminist theories has emerged, including multiracial feminism, post-modern feminism, and others. Each of these diverse perspectives provides different explanations for the social origins and causes of gender inequality, and ways to build a society of fairness, justice, and equality. These feminist theories all contributed to women's movements in different times, and each theory has its own limitations as well.

一、关于女权主义的定义与分类

　　如何给女权主义下定义？这个问题亦易亦难。难，是因为女权主义存在众多不同的流派，而各种不同的流派对世界上男女不平等的起因有着不同的解释，对实现男女平等的途径和目标也各异。易，是因为各种不同的女权主义流派有着以下共识：造成男女不平等的原因不是先天的，不是与生俱来或由于生理差异所造成的，也不是自然形成的。造成男女不平等的根源在于社会环境、制度，以及人们的价值观念。女权主义思想的出发点是：从古至今，所有的人，无论男女，都是平等意义上的人，无孰优孰劣之分。而长期以来，男尊女卑、男优女劣的性别歧视被人为地植根于社会制度中，潜移默化在文化里，灌输并融合进人们的思想意识并影响其行为，从而造成男女两种性别在政治、经济、教育、家庭、宗教，以及其他各方面的不平等现象。女权主义既是一种思想，也是一种行为。思想加行为便组成了女权主义的核心使命：维护女性权益，推动社会变革，实现男女平等。

迄今为止，女权主义在西方的发展大致经历了从 19 世纪末至 20 世纪初的第一波（以自由女权主义为代表）、20 世纪六七十年代以来形成的第二波（以社会主义与激进女权主义为代表）和 20 世纪 90 年代以来出现的新观点（以后现代女权主义为代表）。在这些不同的理论或此起彼伏或前仆后继或兼容共存的发展轨迹上，各种女权主义流派大致可划分为以下三个阵营（Lorber，1998）：第一，改良式女权主义（Gender Reform Feminism），包括自由女权主义（Liberal Feminism）、马克思主义和社会主义式女权主义（Marxist and Socialist Feminism）、发展式女权主义（Development Feminism）；第二，抵制式女权主义（Gender Resistance Feminism），包括激进女权主义（Radical Feminism）、女同性恋女权主义（Lesbian Feminism）、心理分析式女权主义（Psychoanalytical Feminism）和观点女权主义（Standpoint Feminism）；第三，反叛式女权主义（Gender Rebellion Feminism），包括多元女权主义（Multiracial Feminism）、男性女权主义（Men's Feminism）、社会构建式女权主义（Social Construction Feminism），等等。

应该指出的是，以上分类只是 Lorber（1998）的一家之见，未必完全准确地反映了各种理论流派之间的差异。例如，将马克思主义和社会主义式女权主义同自由女权主义一道划归为改良式理论一类似乎欠妥，因为两者对造成男女不平等的原因及实现男女平等的途径是存在根本差别的。前者认为导致妇女受压迫的根源在于资本主义和父权制社会关系的结合，因此，要实现妇女解放必须从社会制度上解决问题。而后者则认可既定社会制度，主张在现存社会制度的框架下，制定有关法律、政策来实现男女平等（Anderson，2006；Nielsen，1990）。

与女权主义相关的概念林林总总，譬如女权主义学说、女权主义理论、女权主义立场、女权主义观点、女权主义方法、女权主义理念、女权主义思想、女权主义运动，等等。本文着重介绍女权主义思想和理论的发展脉络，兼顾理论与运动的关系。理论指导运动，运动或修正或丰富理论，二者或互为因果，密不可分。各种女权主义理论对不同时期的妇女运动做出了一定的贡献，但也都具有各自的局限性。本文旨在概述并解析各不同时期主要女权主义理论的思想渊源和社会土壤（社会运动或改革），以及这些主要流派的形成、发展和现状。另外，关于女权主义的文献可谓浩瀚，笔者采用的主要资料来源包括 Margaret L. Anderson（简称 Anderson；以下引用的其他作者一律简称其姓氏），Judith Lorber，Joyce McCarl Nielsen，Susan A. Farrell，Estelle Disch，以及其他多位女权主义学者的文章或著作。

二、第一波女权主义

第一波女权主义主要指自由女权主义。

自由女权主义的"自由"二字，来自自由主义的社会政治理念。在此，自由不是指人们可以无限制地随心所欲，为所欲为。自由主义一词的哲学含义是西方历史上许多社会运动争取平等的理论基础，强调的是个人权利和机会均等，反对任何形式的歧视和压迫，无论是阶级的、种族的，还是性别的，等等。

自由女权主义的思想渊源可以追溯到 17、18 世纪西欧启蒙主义运动的理性时代（the Age of Reason）。对此，当代著名女权主义学者 Anderson（2006）在她的《关于女性的思考：生理与社会性别的社会学观》（*Thinking about Women: Sociological Perspectives on Sex and Gender*）一书中作了精辟的阐述。17、18 世纪的自由主义思想哲学与当时一系列的急剧的社会动荡与变革（如法国革命和美国革命）有着千丝万缕的联系，也为社会学作为一门独立的社会科学学科的创立，以及为自由女权主义理论流派的诞生开了先河。

在 17、18 世纪的欧洲，随着传统宗教神权的日益削弱，资本主义的全球化体系得以进一步巩固和扩张（Wallerstein，1980）。与急剧发展的工业化和城市化同步的，是新兴资产阶级的财富膨胀，无数农民的流离失所，以及一系列其他社会问题的产生，如城市的拥挤不堪、贫民窟、环境污染、资源浪费、贫困、犯罪、家庭解体，等等。这些接连不断的社会问题就像癌症一样扩散开来，缠绕至今（在未来的世界里，这些接连病会逐渐被治愈、消失，还是会继续恶化，就目前的发展趋势来看，恐怕不宜断言）。然而，西方的理性时代是一个深信"理性将赋予人类自由"的时代，是一个知识分子独立自由思考批判形成社会风气的时代。自由主义思想家们对当时一系列丛生的社会问题大都持乐观态度，认为人类靠理性最终能够解决发展过程中的所有问题，从而能够建立起一个民主和谐的社会。用今天的眼光看来，西方启蒙主义时代的自由主义思想家们对人类理性的估计未免过于乐观天真，但他们那种勇于探索、独立思考和所具有的批判精神对当时以及后来的社会变革起了不可估量的作用。启蒙时代的思想成果为 19、20 世纪西方社会科学的发展奠定了牢固的基础。19 世纪的著名思想家们，如英国逻辑学家、经济学家 John Stuart Mill（1800—1873），被誉为社会学之父的法国实证主义哲学家 Auguste Comte（1798—1857）和实证主义社会学先驱 Henry Saint-Simon（1760—1825）等都无不得益于 17、18 世纪自由主义思想家们的理论成果，进而起到了承前启后的作用。

在历史的长河里，启蒙主义的 17、18 世纪在西方是一个伟大而辉煌的时代。同时，这也是西方资本主义国家在全球各地大举殖民扩张的时代。到 19 世纪，全世界约 85％ 的土地都沦为西方的殖民地（Kerbo，2006：69），包括整个北美、非洲大部，以及亚洲的一些国家和地区。

在这样的一种社会环境里，妇女的情形如何呢？妇女与当时的启蒙和理性有何关联呢？女权主义的历史学家们指出，自有史以来所记载的史料大都是由男人从男人的角度记下的关于男人的丰功伟绩，而女人则是微不足道、被视而不见的。启蒙主义的理性时代也不例外。如 Kelly-Gadol（1976）所言，妇女经历的历史与男人所记载的历史会大有所异。换言之，男人记载的历史只是历史的一半。

在 17、18 世纪的欧洲,社会期望的理想女性角色依旧是温顺柔美、多情善感、依附男人的小女子,在家相夫教子的好妻子。而社会现实则是:大多数妇女尤其是处于社会下层的劳动妇女,家里家外,终日操劳。为了生存,她们与许多童工一样长时间工作,拿最低薪酬。在同时期的美国,大多数黑人,无论男女,依然是白人的奴隶。这里应该指出的是,尽管奴隶制也是启蒙主义思想家们所关心的社会问题之一,女权主义发展史的研究却对早期黑人女权主义活动家们,像 Charlotte Forten,Maria Stewart,Sojourner Truth,Ida Bell Wells 等做出的贡献并未给予应有的承认。尤其值得一提的是 Maria Stewart,一位新英格兰地区牧师家庭的黑人女仆,于 1832 年 9 月 21 日在波士顿发表了公开演讲,这是美国历史上首位发表公共演说的女性。

Anderson(2006)指出,17、18 世纪的启蒙主义时代只是属于某一特定部分人的时代,妇女以及劳工阶级是被排斥在外的。理性时代的所谓"理性"是指特定的某一部分人,即资产阶级白种男人的理性。当然,这样说并不是否认理性时代的自由主义思想家们对近代女权主义理论的发展所产生的深远影响。女权主义史学家们通过对卢梭等启蒙主义时期主要哲学家的研究,发现他们的思想理念中蕴含有强烈的反性别歧视的元素。可惜的是,这些自由主义的思想家们大都无视了他们的理论中具有的可以促使妇女翻身解放的革命潜力因素(Kleinbaum,1977)。尽管如此,启蒙主义的思想家们对早期自由女权主义形成的影响是不可低估的。早期女权主义创始人多是白人妇女,至少属于中产阶级,因此思想观念上避免不了所属阶级和种族的局限性。

虽然在启蒙主义时期,男女经历各异,自由女权主义理论却吸取了自由主义思想的精华:个人自由和以理性为社会改革的基础。各种自由女权主义组织做出的种种努力旨在为妇女争取个人自由:在法律的保护下,享有与男性同等的权利和机会。例如关于《平等权利修正案》(1923 年首次在美国国会讨论的 Equal Rights Amendment)的倡议,就是基于自由女权主义的原则的。《平等权利修正案》若能在国会获得通过,美国宪法里将加进这样一条：任何人都不能因为性别而被剥夺由法律保障的平等权利。遗憾的是平权法终未能在美国国会得到足够的支持，从而未被补进美国宪法。

早期自由女权主义的重要人物

早期西方自由女权主义思想发展的重要人物包括 Mary Wollstonecraft，Harriet Martineau，John Stuart Mill 和 Harriet Taylor Mill 等。下面简述这几位先驱人物对自由女权主义理论的形成所做的贡献。

Wollstonecraft 出生于 1759 年。少女时代，她因忍受不了家庭贫困和父亲的专制而离家出走，在威尔士和英格兰的乡村流浪谋生。苦难的生活经历造就了她一生独立自主、拒不向威权低头的坚强性格。1792 年，她的重要文章《女权辩护》(*A Vindication of the Rights of Women*)在伦敦发表。这篇文章极其犀利尖锐，矛头直指男权制。其震撼性之强，使之得以迅速在都柏林、巴黎、纽约等处于工业化中心的大城市连续转载。Wollstonecraft 在文中写道，传统女性的软弱屈从、唯唯诺诺的奴性是由不平等的社会环境造成的。她们没有与男人一样的权利，缺少自由和机会，靠男人生存，从而成为男人的附庸。她在文中强调，对权威的盲从不仅限制了社会政治自由，而且妨碍了人类理性的发展。而社会只有建立在理性的基础上才能达到平等与和谐（这里明显可见理性时代自由主义思想哲学的影响）。她还意识到人们所属社会阶级的重要性。她尤其蔑视"有闲阶级"的女性，称她们是最依附于男人，最无尊严的。她们的心智没有得到社会生活实践的开启和锻造，富人生活圈的长期熏陶让她们贪慕虚荣，扮作弱不禁风，以讨绅士们的喜欢。她还写道，人们被分化成不同的社会阶层，有骄奢淫逸的暴君，有狡诈妒忌的仆人，有腐败的官员，等等，这是对文明的亵渎与诅咒。

可想而知，在 Wollstonecraft 生活的时代，她对传统男权制的社会性别秩序以及财富关系的直言不讳、公开挑战，会招致怎样的后果。在她后来的生活中，对她人品的讥讽和污辱伴随了她的一生：或被打入妓女的行列，或被解读为"可怜的软弱"，或被蔑称为"神经质"，等等。Wollstonecraft 于1797 年逝世。然而，她留下的精神和思想遗产并未随着时间的流逝而消失。她对传统女性扮演的社会角色以及对男权制的不平等社会秩序的强有力的批判影响了众多女性(包括男性)的家庭和社会生活,激励了一代又一代的女权主义者并推动了他们的事业。两百多年过去了,她的自由女权主义思想依然具有重要的现实意义。

继 Wollstonecraft 之后,Martineau(1802—1876)成为一位自由女权主义思想的活跃人物。她是英国早期社会学的创立者之一,也是运用实地观察法(Field Observation)获取社会学知识的先驱之一。在 Anderson(2006)看来,Martineau 堪称社会学之母。她是享有社会学之父美誉的 Comte 所著的《实证主义哲学》(*Positive Philosophy*)一书的英文翻译者。而且,与同时代的法国著名学者 Alexis de Tocqueville 一样,Martineau 遍游美国,对所见所历加以分析,著述了《美国社会》(*Society in America*)一书。她还是早期社会学领域里第一部关于实地观察方法论的著作(*How to Observe Manners and Morals*)的作者。

像许多早期的女权主义者一样,Martineau 不仅投身于为妇女争取平等权利的事业,同时也支持美国的废奴运动。身处 19 世纪的美国,她对奴隶制直言不讳,并独身到处游历,招致了不少仇视者,甚至受到生命威胁,最终被迫只能在美国北部地区活动。

虽然,Martineau 把女权与废奴两者联系了起来,并从参与废奴运动的黑人妇女身上得到启示,懂得了制度性权力的观念,吸取了跨种族、跨性别的普世人权的政治理念,但实际上,如 Anderson 指出的,Martineau 和其他早期的白人女权主义者一样,由于时代的局限性终究未能跨越阶级与种族的鸿沟。她对关于阶级和种族关系的分析常常自相矛盾:一方面呼吁建立自由平等社会,一方面在她的文章里不时流露出流行于世的对有色人种和穷人的种种偏见。

这种阶级和种的局限性也不可避免地影响了后来其他自由女权主义理论体系的创建者。尤其是 19 世纪末 20 世纪初美国第一波女权主义运动的领军人物 Elizabeth Cady Stanton(1815—1902)和 Susan B. Anthony(1820—1906),两者都继承了 Martineau 等早期自由女权主义思想的局限性:她们的思考未能把性别、种族、阶级这三大产生社会不平等的根源有机地结合起来分析。实际上,在人们的现实生活中,无论男女,作为一个具体的人来说，都不是独立于他或她所属阶级与种族的出身背景而存在的。存在决定意识，环境造就意识。同一社会内不同的社会阶层和不同的种族有不同的生活方式和历史文化宗教信仰。生活在其中的个人（无论男女）的家庭背景、社会生活经历，以及世界观的形成等，是不能仅用性别来划分的。性别、种族、阶级，这三大社会因素对人们的社会行为的影响是相互作用、密不可分的。关于这一观点，笔者在为亚裔学者 Yen Le Espiritu 所著《关于亚裔美国男女的工作、法律和情爱》一书所写的书评里也曾涉及（Yang，1997）。

在早期自由女权主义思想的形成过程中，John Stuart Mill（1806—1873）和 Harriet Taylor Mill（1807—1858）夫妇可谓最具影响力的人物。前者从小受到极为严格的不平衡的家庭教育。其父在他年仅 3 岁时便送他入学，并极度强调理性思维的培养，而忽略了他情感方面的需求。他的一生可以说是由一位高产的学术天才、政治活动家、长期与情感抑郁症搏斗的病人这三部分组成的联合体。从情感抑郁的长期困扰里解脱，获得理性与感性的平衡，成了他生活里的一个重要任务。与 Harriet Taylor 的认识、交往、沟通，以致最后结合为一体成了治愈他抑郁症的最有效的药方。Mill 夫妇的结合几近完美，既浪漫又忠诚，而且志趣相投，至今仍为人们所称道。他们合著的 *The Subjection of Women* 和 *Enfranchisement of Women* 等关于男女平等自由的学术著作可谓两人心灵碰撞的结晶（虽然对两人中谁是主要作者，至今仍有争议）。*The Subjection of Women* 是一本关于妇女压迫、自由、男女两性的关系等主题的论文集。该书极具煽动性，它的出版（1851）引发了 19 世纪在英国发生的妇女参政或选举权运动（British Suffrage Movement）。同 Wollstonecraft 所著的 *A Vindication of the Rights of Women* 一样，该书至今仍是研究女权主义的必读文选。

在同时代的作品中，关于女权的自由主义观念在 Mill 夫妇的论文集里得到了最为完整的表述。按 Anderson（2006）的分析，他们的自由主义观念集中体现在以下四个方面：思辨的逻辑、男女性别差异、工作与家庭，以及现代化与社会改革。

其一，思辨或探究的逻辑显然来源于启蒙主义时代的理性观念。Mill

夫妇认为只有通过理性的思辨才能获得真知。人人都应有表达自己思想和被听见的自由。尤其是，要建立起关于女性的知识，必须让女性的声音被听见。他们的这些观点为近代的一些社会政策如法律面前人人平等、就业机会均等等等提供了哲学依据。

其二，关于男女社会性别差异的问题。Mill 夫妇认为这种差异是后天形成的，是受到学习或环境的影响而造成的。他们相信人是理性的、具有创造性的、自由的、平等的。男女婚姻关系要以自由选择和自主为基础。

其三，工作与家庭。Mill 夫妇吸取了英国古典经济学家 Adam Smith 的市场经济观念，即自由市场的供求关系会靠"一只看不见的手"自行调整，无须人为干涉而维持平衡。他们还认为要实现市场公正，关键在于自由竞争。此外，Mill 夫妇虽然在妇女解放的大方向上观点一致，在妇女择业的问题上却意见相左。丈夫认为妇女最理想的职业是婚姻。由丈夫挣钱养家，妻子在家养育孩子，美化家庭生活，各尽其责，皆大欢喜。女人们没有必要因为具有在外工作的能力就非得要出外工作。管理好家庭就是最适合她们的职责。他还认为妇女由于本性（母性）使然，比男人更具有自我牺牲精神，因此更想要婚姻生活，而且这也符合市场经济的自由选择法则。从这里可以看出，J. Mill 实际上是十分不愿意改变传统性别分工，即男主外、女主内的家庭关系的。在这个问题上，H. Mill 则比她的丈夫更激进，走得更远一些。她认为，女性的本能（母性）不能成为她择业求职的障碍。在市场经济里，无论男女都应有平等机会从事他或她可以胜任的工作。

Mill 夫妇的观点是以市场经济体制的公正合理、自由竞争、量才录用取酬为前提的。这也正体现了他们的局限性。实际上，在阶级社会里，权势、财富，以及其他各种社会资源都控制在强势群体和统治阶级手里。各阶层、种族和性别的人在教育、工作机会、法律面前的不平等是制度性的。在这样的社会环境里，所谓的个人自由选择也只能是相对的。社会生活中的种族歧视、性别歧视和阶级歧视是不可能从根本上解决的。Mill 夫妇那种随着个人自由而带来社会进步，进而实现男女平等的愿望只能是一种乐观主义的空想。

其四，关于现代化与社会变革。Mill 夫妇对西方现代文明的发展和社会历史进程，持启蒙主义时代的乐观态度。简言之，相信今天比过去进步。他们认为，随着时代的发展，理性将取代暴力作为世界上解决各种冲突和矛盾的方式（不知他们对今天仍遭受战乱蹂躏的伊拉克和其他地区的种种恶性循环的以暴易暴作何感想）。他们还认为现代西方文明将是世界上最先进的文明。这种排他的种族主义中心论调，蒙蔽了他们的视野，使他们看不见在社会下层挣扎的弱势群体遭受的剥削、压迫和其他各种不公正的待遇。在欧洲的殖民主义扩张时期，这种种族主义中心论把现代西方文明凌驾于世界所有其他文明之上，成为殖民主义强攫掠夺的一种理论依据，让殖民主义者可以在其他民族的地盘上为所欲为而无罪恶感。因为，在殖民主义者眼里，先进的西方文明取代其他民族的落后文明是天经地义的。

Mill 夫妇对妇女的未来的看法也是直线式乐观的。他们相信，随着社会的现代化，妇女的地位将日益改善，实现男女平等。但是，女权主义学者 Kelly-Gadol（1976）指出，西方妇女的社会境遇并没有随着现代化进程一直在改善，而是根据资本主义工业社会的发展需要和科技领域，以及男权制社会关系的变化而时进时退的。

尽管有他们的局限性，Mill 夫妇对自由女权主义理论体系的形成还是功不可没。他们难能可贵地把性别的不平等同专制下的个性压抑，以及其他一些不公正的社会现象联系起来。他们关于妇女解放的呼吁可谓是震撼当时时代的强音，其影响延续至今。

总之，自由女权主义思想的精髓在于强调个性自由，容纳多元生活方式，支持社会政治经济改革。这些观念体现了启蒙主义理性时代的资产阶级自由主义思想。在西方文化里，这种自由主义哲学思想反映了个人主义的核心价值观。这种个人主义的文化价值观念也同时导致了自由主义女权思想理论的局限性，即个人自由与容纳多元文化（不同的生活方式）的潜在矛盾。按照个人自由的原则，人们可以自由选择他们独特的生活方式，做自己喜欢的事。然而，在阶级社会里，统治阶级的意识形态占主导地位，对于人们的社会行为掌有定义权，如好坏与否、正当与否、合法与否，等等。被统治者定义为坏的、不正当的、违法的行为，不仅没有自由，而且会受到制裁。比如同性恋，在不同的时代、不同的国家、不同的地区和文化里受到极为不同的对待：或被视为正当（古希腊社会、某些印第安人部落等），或被视为异端处死，或被视为一种精神心理病态。在今天的美国，尽管社会包容度提高了不少，同性恋仍不为很多人接受。（在笔者任教的学校，前几年围绕是否给同性恋们同等的待遇，例如健康保险等有过一场颇为激烈的辩论。不少人反对给同性恋者同等待遇。）

在其他一些女权主义流派（譬如受马克思主义和社会主义理论影响的女权主义）看来，自由女权主义对男女不平等的解释不免舍本逐末。自由女权主义认可既存社会制度的合理性，认为造成男女不平等的根源在于人们从小到大成长的家庭和社会环境的影响：浸酝在性别歧视文化的大染缸里，耳濡目染，久而久之，便形成了男尊女卑、男优女劣的观念。如此代代相传，恶性循环，逐渐融合进整个社会的潜意识里，根深蒂固，成为当然、自然、必然。找着了性别歧视的原因，如何实现男女平等呢？自由女权主义学派认为首要任务是实行社会改良，制定相关法律和政策，保证男女机会均等，从而建立起一种平等的社会性别关系。

自由女权主义者们未能上升到制度的层面看问题，未能看到性别不平等与种族的不平等和阶级的不平等三者之间密不可分的内在联系，片面强调性别不平等的结果是掩饰了种族与阶级的不平等。实际上，性别歧视、种族歧视和阶级歧视的根源在于现存政治经济制度。无视这一点，是不可能实现真正意义上的男女平等的。

自由女权主义是最早出现的女权理论。因属于第一波女权主义运动，不仅继承了欧洲 17、18 世纪理性时代的自由主义思想精华，而且对后来其他女权主义运动的影响深远广泛，承前启后。在某种意义上，自由女权主义堪称女权主义理论之母。

另外，在美国，早期自由女权主义运动的重要成果包括部分妇女获得受教育的机会：Oberlin 学院于 1833 年开始招收女生，成为美国有史以来第一所接受女生的高等院校。然后，其他几所学院陆续为妇女敞开了大门：Mount Holyoke（1837），Vassar（1865），Smith and Wellesley（1875），Radcliffe（1879），以及 Bryn Mawr（1885）。虽然，能够入学的女性大都来自上层社会，但她们中许多人在毕业后为争取妇女的平等权利做出了贡献。

最重要的成果是，在 Susan B. Anthony，Elizabeth Cady，Standon 以及 Lucy Stone 的领导下，在其他许许多多的女权主义活动分子及团体的长期努力下，美国妇女终于在 1920 年获得了选举权（the Nineteenth Amendment）。

三、第二波女权主义

20 世纪 60 年代中后期，美国长达十余年的民权运动（Civil Rights Movement）随着 1964 年《民权法》（Civil Rights Act）的通过而进入尾声，取而代之的是更激进的黑人和其他各少数族裔的独立自主社会运动。1963 年，著名女权主义者 Betty Friedan 所著的 *The Feminine Mystique* 面世。她在书中捅破了白人中产阶级家庭妇女"幸福家庭生活"的面纱，把社会强加在她们身上的囿于家务的枯燥、压抑，与世隔绝的孤独生活暴露在光天化日之下，并指出现存社会体制的方方面面（包括广告业、妇女杂志，以及弗洛伊德心理学）都对妇女的境遇难辞其咎。这本畅销书的出版所产生的社会反响，真可谓一石激起千层浪。到 60 年代后期，女权主义运动在美国各地已是蓬蓬勃勃，方兴未艾。各种以唤醒妇女平等意识、改变妇女社会地位为宗旨的群众团体雨后春笋般涌现。这就是第二波女权主义运动，时间跨度从 20 世纪 60 年代至 80 年代。在众多不同的派系中，最有影响的两支是"妇女权利派"和"妇女解放派"。前者以争取妇女的平等权利为目标。后者的目标则更深广宏大，要实行彻底的社会改革，不仅要在政治上、法律上改革，还包括家庭、教育、宗教等基本的社会制度的改革，从根本上改变妇女的社会地位。在理论基础上，"妇女权利派"是 19 世纪末 20 世纪初第一波自由女权主义的延续；而"妇女解放派"则承袭了更激进的哲学思想，发展成为社会主义女权主义和激进女权主义。社会主义女权主义的一个根本特征是把妇女受压迫的从属地位归于资本主义社会制度本身，及其与男权制性别关系相结合产生的社会问题。而激进女权主义则把男权制度的社会关系作为妇女受压迫的主要原因。

社会主义女权主义

在 19 世纪中叶至下叶的欧美，受法国大革命（1789—1799）和美国南北战争(1861—1865)结束及废奴、西部扩张、大规模城市化等历史性社会发展的影响,资本主义和工业化突飞猛进。这种社会大环境为英国妇女的参政运动和美国 19 世纪末至 20 世纪初的女权主义运动（属第一波）奠定了基础,也激发了各种不同的社会政治思想和社会学理论。其中不仅滋生了自由主义政治思想哲学,也孕育催生了马克思主义。

以自由主义哲学思想为理论基础的自由女权主义锁定个性自由和妇女同等权利为主要目标。这类女权主义者们在意识形态与行为上大都囿于其阶级和种族的局限。例如,Susan B. Anthony,第一波女权主义领军人物之一,就利用种族主义和反移民的言辞为媒介在白人中获取民心,扩展女权组织成员（DuBois, 1978; Dye, 1980）。

然而,在这一时期中,也有不少更激进一些的女权主义者冲破阶级局限,与工人阶级妇女组成联盟,并开始在理论上思考性别、种族和阶级不平等的内在联系。社会主义的女权主义先驱人物包括 Charlotte Perkins Gilman（1860—1935）,Emma Goldman（1869—1940）,Anges Smedley（1892—1950）等。她们在思想上受马克思主义的影响,在意识形态上首先是社会主义者,把妇女的从属受压迫地位与资本主义社会的政治经济剥削制度联系起来,把妇女解放运动看作是整个社会主义革命的一部分。

马克思(1818—1883)是近代社会思想史上最重要、最具影响力的思想家之一。马克思主义理论的诞生影响并改变了近代以来整个世界发展的进程。学生时代的马克思对德国哲学家黑格尔（1770—1832）产生强烈兴趣,并成为青年黑格尔小组的一员。黑格尔从基督教神学出发建立起自己的唯心主义学说(Giddens,1971:3)。马克思受黑格尔思想影响极深。直到 1841 年,费尔巴哈（1804—1872）的 *The Essence of Christianity* 发表,此书彻底改变了马克思原来的观点。费尔巴哈批驳了黑格尔的唯心主义哲学观点,认为超现实(神的世界)是人们思想的产物;人们的思想或理念来源于人们的社会活动,这种社会活动构成社会现实。人们的社会存在决定人们的思想或理念。是存在决定意识,而不是意识决定存在。

这种观点致使马克思的导师 Bruno Bauer（1809—1882）宣称《圣经》只不过是一部由人撰写出来的历史文献,基督教神学只不过是一个关于社会

和历史的神话。这样一种断言对当时来说，简直是冒天下之大不韪。Bauer
因此丢了教职，并殃及学生马克思的学术生涯。在马克思于1841年从Jena
大学获得哲学博士学位后，这位曾被预言前程无量、有望成为最杰出的教授
的年轻学者，却找不到一份固定教职。他的余生由于政治流放、颠沛流离，
在贫困中度过（几个孩子因饥寒病交迫过早夭折）。他先是从德国到巴黎，
又于1849年去了伦敦。他在伦敦住了34年，坚持研究、写作，直到去世。

马克思早期受黑格尔及后来费尔巴哈的哲学思想的影响，并吸取其中
合理因素，在此基础上创立了历史唯物主义（或辩证唯物主义）。根据历史
唯物主义的观点，人们的意识、思想、信仰、价值观念等构成精神世界的元素
都是由物质世界的影响造成的。正如经济基础决定上层建筑一样，不同性
别（如男人与女人）、不同种族（如白人与黑人）和不同社会阶层的人们（如
富人与穷人）对造成社会不平等的原因就有不同的解释，解决的方法和途径
也难得一致。这也是在美国历史上，少数族裔妇女很少有人加入白人中产
阶级的女权主义运动，以及工运史主要是白种工人的工运史的原因之一。

马克思生活的社会环境正值资本主义残酷的原始积累和上升阶段。基
于对生产资料所有制和劳资关系的观察和分析，他指出在资本主义社会里，
资产阶级不但拥有和控制生产资料，剥削工人劳动的剩余价值，还控制人们
的思想和社会意识形态，给公众灌输一种欺骗性的错误意识（false
consciousness），蒙蔽人们的双眼，从而使人们相信社会是自由、平等、公正
的，无论什么人，只要能干肯做，就会成功，加入中产阶级甚至富人的行列。
马克思认为一旦工人们的阶级意识被唤醒，他们就会起来革命，反对剥削，
为自己的权益而斗争。

在女权主义者看来，这种统治者对被统治者的意识操纵和蒙蔽，也正是
在男权制社会里男尊女卑、男优女劣被视为天经地义的原因。人们之所以
对性别歧视视而不见，是因为长期被灌输而逐渐潜移默化地接受了女人不
如男人，因此应该从属于男人的观念。

由于早期自由女权主义（第一波）的阶级和种族的局限性，20世纪60年
代的一些女权主义者们需要寻找新的思想理论基础。他们在马克思和恩格
斯（以下简称马、恩）合著的《家庭、私有制和国家的起源》一书中找到了依

据。恩格斯在该书前言中指出，家庭关系是由经济生产方式衍生而来的。马、恩认为，在资本主义社会里，由经济决定的阶级关系是第一位的，家庭关系是第二位的。也即，家庭结构和家庭关系是随阶级关系的变化而变化的。社会树立的家庭形象是一种理想化了的模式，其下掩饰的是家庭经济结构的实质。马、恩还在书中写道，一夫一妻制是私有制的一部分。尤其是在资产阶级家庭，私有财产的积聚需要有继承者，这种需要由一夫一妻家庭制提供了保障。然而，在女权主义者看来（Anderson，2006），马、恩的解释也有其局限性：他们在书中并没有回答男权制是如何起源的。对于为什么是男人，而不是女人掌有家庭财产控制权，马、恩在书中并没有解释。

在马克思和恩格斯看来，由于经济关系决定婚姻关系，妇女在婚姻与家庭里扮演的角色主要是家务劳动和生育子女。随着资本主义的日益发达，妇女的家务劳动逐渐丧失其原来在社会经济生活（在农业社会里，家务劳动是经济生产不可分割的一部分）中具有的地位。妇女从而沦为一种奴隶：在家里为一家之主的丈夫提供私人服务。同时，她的家务劳动为整个社会提供了无偿的经济服务。马、恩认为，要实现妇女的解放，必须从根本上消灭私有制。一夫一妻制的婚姻关系要建立在两性相爱，而不是经济关系的基础上。不消除阶级压迫，就不可能消除性别压迫，也就不可能有平等的婚姻和家庭关系。

对 20 世纪 70 年代涌现出来的社会主义女权主义者们来说，马克思和恩格斯只道出了妇女受压迫的重要原因之一，即资本主义制度，而忽略了性别本身的因素。在发达资本主义社会里，阶级与性别是两种相互独立而又相互作用的社会因素，阶级关系不能完全解释人们（男人和女人）所处的社会地位。因此，消除阶级不平等并不意味着性别歧视的同时根除（Hartmann，1976；Jaggar and Rothenberg，1993；Anderson，2006）。

当代英国学者 Juliet Mitchell 是对马克思和恩格斯关于资本主义与妇女解放的理论加以继承、批判和发展的先行者之一。以马克思主义的"社会经济生产方式决定社会组织"为前提，Mitchell（1971）指出，马、恩认为随着社会从资本主义过渡到社会主义，妇女也将必然获得解放，这种观点未免过于简单化。妇女解放在马、恩的理论中只成了一种抽象概念，而缺乏实现妇女解放的具体理论和途径。在她的思考与分析中，Mitchell 把妇女的从属地位与其他诸多社会因素联系起来，包括生育、两性关系、社会性别（不同于生理性别）的形成，以及这些因素与经济生产方式的相互作用。她认为社会经济体系囊括了家庭结构，而两性关系、生育与社会性别的教养皆属家庭结构的组成部分。

在 Mitchell 看来，过去，由于生育和被认为力小体弱这两大原因，许多妇女被剥夺了劳动工作的机会。而现在科学技术的发展创造了许多不需要体力的工作，以及避孕技术带来了自由计划生育。这种社会变化摧毁了"妇女只能家务"的理论基础。被迫围于家务是妇女处于从属地位的主要原因，因此，获得与男性同等的工作权利与机会便成了女权主义的重中之重。

Mitchell 提出了几个至关重要，至今依然为女权主义理论所探讨的中心问题。首先，她把家庭关系与社会经济体系联系起来思考，特别是道破了在现代社会里，家庭已经由生产单位转化为消费单位的现实，并由此引发了关于这一新课题的讨论。她认为两性关系与消费伦理的结合，一方面给妇女带来更多的性自由，同时也增加了她们被用作性工具的机会（这在今天关于性与后现代文化的讨论中仍是热点之一）。其次，Mitchell 还认识到在资本主义制度下，家庭具有经济的和意识形态方面的双重功能。在经济方面，妇女从事无偿的家务劳动；在意识形态层面，妇女生育培养出下一代——接受并适应资本主义需要的劳动力，使现存制度得以延续。家庭一方面提倡个性自由、个人主义，同时又鼓励财富的积聚。这种私有制与个人主义的结合，既使家庭成了资本主义赖以生存的堡垒，又无可避免地同时使之解体。而这一切都是与家庭主妇、与母亲的角色分不开的。因此，养育下一代成为她们受歧视压迫的潜因之一。

另外，关于传统的男女内外分工（男主外：工作、政治、宗教等社会领域；女主内：家务、生育、性生活等范围）的问题也是第二波女权主义理论探讨的热点。一种观点认为，妇女围于家务等现状使她们不能获得与男人们同等的社会经济资源。尽管现在有越来越多的中年已婚妇女走出家门参加工作，他们的工作性质、报酬和其他一些待遇仍属于次等公民水平——她们的工作只不过是家务的延伸。另一种观点认为，这种男女内外分工是有阶级和种族区分的,它主要是一种白人中产阶级现象,因为下层社会和少数族裔妇女是从来就为生活所迫而内外操劳的。

现代女权主义学者 Zarestky(1976)指出,这种男女内外分工制实际上是西方 19 世纪工业资本主义发展的产物。当时,尽管大多数工人阶级、穷人和少数族裔的妇女都在为生存劳作,或在田间,或在工厂,或当家仆,等等,在上层建筑领域,妇女的工作却被定义为在家内从事的活动;而且,这种性别劳动分工与男性特征(雄性、强壮、刚毅等)和女性特征(阴性、温和、柔顺等)联系了起来。在马克思主义女权主义者看来,这种男女内外之分的观点掩饰了家庭的经济功能。另外,由这种男女内外之分而衍生的"个人"(家庭内)与"公众"(家庭外的社会)两界生活的观点进一步模糊了资本主义制度的宏观因素,把宏观问题微观化。这种把社会问题缩小为个人问题的观点,只会削弱女权主义运动的实力。

总之,社会主义女权主义者认为,妇女的从属地位与男女社会性别的形成是资本主义制度的产物。他们认同经典马克思主义的观点:经济不平等(资本主义阶级关系)是妇女受压迫的主要原因,统治阶级对人们意识形态上的蒙骗也起到了辅助作用。在此基础上,社会主义女权主义论者加以拓展,认为应该把家庭内的结构、关系、性、生育、教养下一代等多种因素与妇女受歧视压迫联系起来。由此再迈出一大步,认为父权制本身就是造成妇女从属地位的一种历史原因——由此就形成了另一流派:激进女权主义。

激进女权主义

社会主义女权主义认为资本主义制度与阶级压迫是造成男女不平等的原因,而激进女权主义则认为父权制本身导致了妇女的从属地位。二者的主要差异在于:前者着重性别关系的经济基础,而后者则强调社会关系是以男性所占有的优势和特权为基础的。激进女权主义把父权制定义为一种"男性占有优势和经济特权的性别权力制度",把父权关系看作是比阶级关系更为重要的因素。在许多激进女权主义者看来,阶级压迫与种族压迫只是性别压迫的延伸。因此,激进女权主义的主要政治目标是根除男性在社会、历史、经济,及政治等各方面的优势与特权。

　　激进女权主义的产生主要源于马克思主义关于男女不平等解释的局限性：马、恩未能清晰地解释并回答父权制在人类社会如何产生，又为何能延续至今的问题。自激进女权主义问世以来，已经分化成各种不同的派系。有的仍然立足于马克思主义理论基础；有的则彻底摒弃了马克思主义唯物论的观点，把性别歧视压迫完全归咎于父权制文化的影响，及其对妇女的控制。一些第二波早期的激进女权主义者试图用"征服论"假说来解释父权制的渊源，即许多原始部落实际上是母系社会，后来男人用武力征服了妇女，并逐渐控制了原先以女性为中心的各种社会组织机构（Bunch，1975）。这种"征服论"假说有多大的可信性，是颇有争议的。根据人类学对原始社会研究的结果，男女权势的分布在不同的地域、不同的文化，以及在不同的历史时期存在五花八门的形式，不可一概而论。因此，对以上假说须谨慎对待。尽管如此，激进女权主义理论的一大贡献是揭示了性别与暴力结合实施控制的社会问题：一些妇女因惧怕暴力而失去自由，或在性行为、生育等方面被父权制下形成的一些文化传统和风俗习惯所牢牢控制。尤其是父权社会对妇女的性行为道德规范，成为激进女权主义关注的重点之一。男权制下，男人在性行为上对女人占有绝对优势。一些男人可以用强奸、性骚扰、乱伦、性虐待、性暴力等对女人从身心两方面实行绝对控制。

　　人们的生理性别是与生俱来的（男女生理结构），而人们的社会性别（男女因社会期望所扮演的性别角色）则是人为的，受社会环境影响造成的。现代激进女权主义学者 Gayle Rubin（1975）认为，妇女的从属地位可以看成是一种社会关系的产物：即男女的生理性别与社会性别被人为地联系起来，并根据社会需要而形成的一种特定的社会关系。这样一种特定的社会关系造成了男尊女卑、男优女劣的现实。结果，妇女可以成为一种商品，被当作牲口一样在市场上交易。Rubin 是最先提出"妇女交易"或"买卖妇女"（the traffic of women）这一观念的女权主义学者之一。现在妇女交易一词通常指的是国际卖淫组织的职业犯罪活动：受害者一般是来自不发达国家和地区的贫困妇女，被人口贩子坑蒙拐骗到发达国家沦为性奴。

　　在激进女权主义者看来，社会性别的形成是产生其他社会不公的前提。男人首先学会了如何控制主宰妇女，进而学会控制主宰其他人，而哪些人被控制被主宰则是由其社会经济地位所决定的。在阶级、种族、性别这三大导致社会不平等的因素中,激进女权主义者认为性别不平等是首要原因,而阶级和种族的不平等则是性别不平等的延伸(Bunch,1975;Harding,1981)。要解决妇女从属地位的问题,途径之一是建立一个以女性为中心的信念和制度。这种观念又导致了另一分支的产生:激进女同性恋者的分离主义哲学。它主张通过女性相恋,排斥男性来建立一个女性至上的世界。显然,这样一种观念行之过远,恐怕难以为社会上绝大多数人所接受。

激进女权主义与社会主义女权主义的根本分歧在于前者主张性别关系是第一位的,而后者认为阶级关系主导其他社会关系。二者的分歧引发了新的争论热点,即资本主义与父权制的关系。社会主义女权主义者Hartmann(1976)认为,要懂得西方资本主义社会,必须把父权制看作一种社会历史结构。妇女的从属地位是资本主义与父权制二者共同作用的结果。换言之,父权制不是造成男女不平等的唯一原因。因此,女权主义理论的关键出发点在于把资本主义和父权结合起来分析。Hartmann(1976)还指出,资本主义产生于父权制社会,继而又强化了父权制。资本主义社会的男女劳动分工使得妇女在经济上更加依附于男人。由于劳动市场掌握在男人手里,男人控制了薪酬优厚的工作。他们既能在工作上占尽优势(高工资,高地位),回到家里又能享受到女人的服务。Hartmann的这种分析实际上融合了激进女权主义和社会主义女权主义两派的观点。

既然资本主义与父权制结合造成妇女的从属地位,接下来的问题是,社会主义能带来男女平等吗?社会主义女权主义者期望有这样一种社会:建立全民集体主义所有制的社会主义社会,法律保障男女机会均等,同工同酬。家务劳动及下一代的培养都集体化、社会化,成为人们(男女)共同的义务和责任。Anderson(2006)指出,社会主义女权主义者所期望的也正是一些社会主义国家宣示要实现的目标。但现实与目标都存在距离(Nazzari,1983)。女权主义人类学学者Eleanor Leacock(1978)指出,要实现真正意义上的男女平等必须有三个先决条件。其一是集体主义社会制度,无论男女,人人都与社会共同利益(而不是个人利益)息息相关,同舟共济。其二是所有的工作和家务劳动不以性别划分(即不遵循传统的"男主外,女主内"的分工法）。其三是参与决策者也应该是政策执行者，即人人参与，民主法制。这三个先决条件可谓是理想化的社会环境，要成为现实恐怕是不容易的。国际和国内社会不是真空，尤其是资本主义全球化在各个国家各种文化中都有强有力的渗透，要维持社会主义经济制度及其生存发展空间是极为不易的。

"权利派"与"解放派"的比较

"权利派"即自由女权主义，"解放派"即社会主义女权主义和激进女权主义。这三种女权主义理论各自从不同的角度对妇女从属地位的社会问题提出了不同的解释和解决办法。据 Andersen（2006）的分析，将三种观点综合起来看，造成男女不平等的原因有四方面：男女劳动分工、阶级社会、父权关系，以及家庭的组织结构。

自由女权主义认可既定（资本主义）社会政治经济制度，以个人自由平等为信念，以社会改良为途径来消除传统习惯形成的性别歧视。它注重在现存社会体制框架里，提高妇女的政治影响和权利；在策略上采取把女权主义事业同社会上其他一些政治诉求结合起来，以增强妇女运动的实力，从而实现男女平等的目标。然而，这种策略也有其局限性，这导致了女权主义同其他政治诉求的妥协，因为只有温和派女权主义才能够得到其他利益团体的接纳与支持。

社会主义女权主义和激进女权主义则挑战现存政治经济体制，认为既定社会制度本身是造成性别歧视的根本原因。要实现妇女解放，就必须进行社会革命，彻底改造由资本主义与父权结合形成的社会制度。社会主义女权主义理论接受了经典马克思主义理论中的社会阶级分析这一要素，即阶级压迫是造成各种社会不平等的主要原因。同时，社会主义女权主义者指出马克思主义的不足之处，即把妇女在经济与社会两个不同领域里担任的双重角色混为一体。

在激进女权主义者看来，父权及其所衍生的各种社会关系是一种独立存在的社会因素。这种独立存在的社会因素本身正是产生性别歧视的根源。只有消除父权制，创建一种以妇女为中心的社会文化，重新定义社会关系,才能实现真正的妇女解放。

自由女权主义、社会主义女权主义和激进女权主义既相互弥补,又互相抵触,共同构成了第二波女权主义的流派。它们各自本身的局限性或不完整性,使之无法全部解答与性别歧视相关的各种纷繁杂陈的新老社会问题。由此产生了20世纪末以来的一些新女权主义理论观点。

四、新女权主义理论

自20世纪90年代,尤其是东西方冷战结束以来,国际社会大环境产生了翻天覆地的变化。随着资本主义全球化的急剧扩张,许多国内的社会问题也日益发展成为超越国界的社会问题,性别歧视问题便是其中之一。一系列与之相关的新老社会问题,例如美国国内少数族裔妇女的现状,世界范围内妇女的国际地位,男人在女权主义运动中的位置,社会性别和性取向的辩证与定位,以及性别、种族、阶级三者相互关联形成的既定权利结构等,成了新女权主义各派系思考、分析、辩论的热点。最具代表性的包括有多元女权主义(Multiracial Feminism)、后现代女权主义(Postmodern Feminism),以及酷儿理论(Queer Theory)。

多元女权主义

第一波与第二波女权主义理论流派的形成及发展大都是以欧裔(白人)中产阶级妇女为中心的,少数族裔妇女权益的抗争则一贯或被忽视,或被排斥在主流(白人)女权主义运动之外。例如黑人女权主义活动家们,包括Charlotte Forten,Maria Stewart,Sojourner Truth,Ida Bell Wells早在19世纪中叶就提出了一些早期女权主义的思想原则,呼吁女权主义运动应把非裔妇女包括在内(Lerner,1973;Sterling,1984;Collins,1990 & 1998)。第二代女权主义直接受益于20世纪60年代的黑人民权运动,也是与众多非裔妇女的积极参与分不开的。然而,在女权主义研究史上,她们和其他少数族裔妇女一样,并未得到应有的承认与尊重。

社会主义女权主义虽然把所有妇女的解放作为一个整体目标,却因为片面强调人们的阶级划分为首要因素，而忽视了种族与性别作为两种独立因素对人们社会生活的影响。激进女权主义则把父权制列为造成性别歧视的主要原因，而把阶级和种族压迫歧视仅仅当成是性别歧视的延伸。这样的理论无助于解释社会弱势群体遭受的不公正待遇。尤其对遭受双重（种族与性别）歧视的少数族裔妇女来说，种族歧视带来的恶果往往甚于性别歧视。

因此，一种新的更完整的女权主义理论必须把阶级、性别和种族三者有机结合起来，并且能够解释所有妇女面临的多重社会问题。多元女权主义便应运而生，其创建人多是由少数族裔女权主义者（包括学者与社会活动家们）组成。多元女权主义理论着重理解种族、性别、阶级这三大要素如何相互作用，影响人们的社会生活。这里的"人们"指的是各少数族裔，包括拉丁裔、非裔、印第安裔、亚裔，以及白人，并且无论男女。

Andersen 认为多元女权主义的主要论点体现在以下五个方面：其一，人们的社会性别（不同于生理性别）既不是与生俱来的，也非自然形成的，而是社会生活环境约定俗成（思维构建）的产物。一个女人的生活经历不仅仅受制于社会性别定义，同时还受制于其他各种社会因素的影响，比如阶级、种族、性取向（同性或异性恋），等等。任何一种因素对人行为的作用都不是孤立的，一种因素显示其作用必然揭示出其他多种因素的综合影响。而且，这些因素对人们（无论男女）的行为是同时起影响作用的。例如，一位少数族裔妇女的生活会同时受其种族与性别的双重影响，可能有时候种族的影响大于性别，有时候性别影响或大于种族（Moraga and Anzaldua，1981；The Combahee River Collective，1982；Collins，1990 & 1998；Baca Zinn and Dill 1996；Anderson and Collins，2001）。其二，阶级、种族、性别三者相互关联，在不同的层次——从宏观的社会结构体系，到微观的人际交往和意识领域影响人们的生活。这三者（阶级、种族、性别）的结合形成一种极为复杂的社会关系，在分析其对社会行为的影响中，不宜简单地把人们分为特权阶层或弱势群体。例如，一位亚裔男子或许因为是男性而享有某些特权，但很可能同时受到种族歧视，或者因为身陷贫困而被人欺负——所属阶级带来的影响。其三，正如人们的社会性别是社会环境约定俗成的产物，种族的社会意义也同样如此。诚然，不同种族的人们客观上存在生理差异，如肤色、平均身高和体重，等等。但种族的优劣之分，以及由此衍生的种族歧视则是人为的，是由社会政治经济制度、信仰、价值观念体系等各种构成其文化的要素所定义的。其四，多元女权主义理论不仅仅局限于少数族裔妇女的权益问题，它旨在从女权主义发展史上前所未有的高度来分析阶级、种族、性别这三大社会因素对所有人的影响，无论肤色，无论性别，无论阶级所属，也无论是社会不公的受害者，还是施害者（Anderson and Collins，2001）。其五，多元女权主义认为社会结构与妇女所具有的能动性是相互作用的（Baca Zinn and Dill，1996）。在社会生活中人的行为不仅仅被社会制度和社会结构所制约；一般来说，人们是有思想的，有意识的，有理性的，有目的的。他们在不断地解读认识环境，并按照自己的理解来做出反应：或服从，或抵制，或适应，或改造环境。

多元女权主义理论对传统女权主义（第一和第二波）从研究方法到研究内容及范围都产生了巨大的影响。因为此前的各流派大都仅以白人中产阶级妇女为中心，并片面强调某一社会因素对妇女的影响。而多元女权主义则把性别、种族、阶级三大社会因素有机结合起来，研究其对所有人的生活经历与社会行为的作用或影响。多元女权主义在当前所面临的挑战是如何继续扩大发展其理论研究，并且将理论与社会实际结合起来，影响人们的思想行为和政策法律，推动社会变革，建立男女平等的社会。

后现代女权主义

后现代主义是一种高度抽象而晦涩难懂的理论，其产生主要来源于文艺批评领域的论辩，与酷儿理论（认为人们所处的社会地位决定其立场和观点，各种不同观点的可信性和完整性也各异）对实证主义科学的批判。在后现代主义者看来，我们生活在其中的社会并不是一种客观存在，而是在人们意识之外的一种虚幻的、流动的、由多元意义体系构成的思维产物。换言之，社会是由人们用话语（discourses）对各种不同的社会生活经历和思想观点的一系列"叙述"（stories or texts）组成的。要认识社会，就必须对构成社会的这些"叙述"进行解析。比如，在后现代结构主义者看来，"社会结构"只

327

是一种抽象概念具体化了的模拟物，是一种思维构想，客观上并不存在。

在社会科学领域，由来已久的实证主义研究方法（即系统地观察收集客观数据，经分析与综合而上升为理论）被认为是获取真知灼见的最佳途径。后现代主义质疑这种传统的科学研究方法，认为任何一种理论的建立都是以某种前提为基础的，是不纯的，是受某种特定的世界观所制约的（Agger，1991）。由实证主义方法获取的科学知识并不比文学艺术创作更真实可信。因此，科学也像文艺作品一样，需要解构分析，剖析科学知识体系赖以建立的前提及其含义。

世界是多元的、具象的。社会是由无数独特的个体的体验构成的，是一种思维产物，而非客观存在。这种后现代主义的观点与女权主义理论的一些基本前提不谋而合，形成了后现代女权主义。后现代女权主义认为人们的社会性别也是一种思维产物，而非与生俱来或自然形成的。解析社会性别关系形成的过程是女权主义学术研究的重要课题之一（Flax，1990）。后现代女权主义对既定传统知识体系也持怀疑批判态度，认为这些传统知识创立的前提是受特定历史时期的语言、思想意识和文化意象的影响而产生的。实际上，传统知识常常被用来帮助维系既定的不平等社会制度，使性别歧视合理化。

另外，后现代女权主义认为男女两性并无本质的不同，更有甚者，认为两者的生理差异也是特定的文化历史环境所定义的，也即社会思维的产物（Bordo，1993；Fausto-Sterling，2000；Nicholson，1994）。按照这种相对主义观点，是男是女不是以生理结构区分，而是由人们的理解和定义决定的。有些后现代女权主义者还认为不应该把男女的生理性别和社会性别区分开来，因为人们对男女生理结构差异的认识也是由传统的生理学知识界定的，并不一定是真正的客观存在。也就是说，男女生理结构的差异不是绝对的两极，而是人为的，约定俗成的，流动的，可以变化的。人们使用的语言也同其他各种既定的知识体系一样，是不纯的，是受特定的社会文化历史环境影响的、带有偏见的思维产物。把人们分为男人和女人，正如把人们分为白人与黑人一样，有其特定的受时空制约的社会含义。离开特定的时间与空间，其分类便失去意义。

总之，后现代女权主义着重社会现象的相对性、虚构性和动态的不确定性；强调多元性、独特性，而非整体性和一般性。这种观点使社会科学知识变得更具弹性和主观化。后现代主义理论的产生，及其对时下思想学术界的吸引力，是值得探究其原因的重要社会现象。一种解释是它其实是反映了现代人们对社会现实的一种失望与幻灭感（Rosenau，1992）。后现代主义理论质疑传统知识构建的前提，主张多元主义、相对论等，是对传统的男性中心主义与种族中心主义学术知识领域的挑战，有助于人们认识和解析性别化、种族化，以及阶级化了的传统知识体系。

在Andersen看来，后现代女权主义理论的一大缺陷是过于抽象，其讨论仅限于高层次的知识精英圈，难以为大众，尤其是缺少高层次教育机会的普通妇女所理解与接受。另外，后现代女权主义强调的多元主义一方面有助于关于种族、性别、阶级三大社会因素的研究；另一方面，它否认社会结构的客观存在，过于片面强调个体（把社会看成是无数个体的话语、声音的总和），将宏观问题微观化，忽略种族歧视、性别歧视，以及阶级压迫的社会制度性问题，这既有悖于社会科学的基本原则（系统地观察、分析、推理的科学研究方法），导致了把不公正的社会问题化解为一种文化的多元性现象。而且，也把社会科学功能缩小到只是解释不同个体的社会经历和体验的范畴（Agger，1991）。

酷儿理论

酷儿理论是在性学研究和后现代主义理论的基础上发展起来的一种新的女权主义理论派系。与哲学范畴的本质先于存在论（Essentialism）相反，酷儿理论认为男女两性并无本质上的不同，传统的性别之分和性取向分类纯粹是社会定义的标签，是一种社会构想的概念，而非客观存在。

从后现代主义的角度看来，人们的性别、性行为、性取向分类因不同的文化、种族和不同的时空范围而异。不同性取向的同性恋与异性恋的社会分类只不过是现代西方社会的产物。酷儿理论在此基础上更进一步，解构剖析同性恋与异性恋的社会类别是如何形成的，即主要是性学家们控制了性科学话语权，把人们的性关系一分为两极，界定为同性恋和异性恋，并借助于权势制度使这种社会标签成为正统而且延续至今。后现代主义认为"性势力"体现在社会生活的方方面面，从大众文化，到科技作品、文学书籍、日常对话等，几乎无处不在。而话语作为一种载体（工具）便从社会生活的方方面面来划分性的界限，规范人们的性行为和性取向。于是在社会意识里，异性恋便约定俗成被认为是正常的性关系，同性恋则是异常的性关系。

显然，以上观点是对传统性学研究基础（男女性别之分源于自然的前提）的挑战。这种观点宣称性的多元现象，如同性恋、双性恋、性改变者和异性恋在人类社会一直存在，只是社会仅认同异性恋，而对其他各种性取向视而不见或视为异端。酷儿论认为传统的两极性取向（同性恋与异性恋）既非一成不变，也都不具有确定的含义；相反，各种性取向都是不确定的、流动的、可变化的（Seidman，1994 & 1996）。实际上，这种酷儿理论也对"同性恋具有自然基础或是由基因所致"的观点提出了质疑。

应该指出的是，尽管后现代主义的酷儿理论在性学研究领域内有一定的市场，许多女权主义学者对其观点仍持保留或批判保留态度。有的学者指出，后现代主义的理论并没有对产生性压迫的社会基础进行挑战，因此没有多大的实际意义。还有的学者认为关于性学的研究有许多不同的理论，而后现代主义的酷儿论观点只是其中的一种。

五、结束语

纵观女权主义在西方的发展史，从 19 世纪末 20 世纪初的自由女权主义，到 20 世纪 60 年代以后的马克思主义、社会主义的女权主义、激进女权主义，再到 90 年代以来的多元女权主义、后现代女权主义，主要女权主义理论流派各自在不同的历史时期，从不同的角度，探讨和解释男女不平等的社会问题，以及寻找实现公正平等社会的途径。自由女权主义理论受西方启蒙时代的自由主义哲学思想的影响，认可既定社会制度，强调个性自由和发展理性，通过在法律、政策等方面实行社会改良以达到男女平等。自由女权主义具有其阶级和种族的局限性，未能看到性别歧视的根源在于既定社会制度。社会主义女权主义理论则源自马克思和恩格斯的历史唯物主义和辩证唯物主义，认为人们的行为意识是由其物质基础，尤其是资本主义经济制度产生的各种不同的阶级属性所决定的。妇女受歧视和压迫的根源在于家庭与社会经济的私有制关系；经济关系决定性别地位。激进女权主义理论在此基础上向性别因素的重要性更进一步，强调父权制本身造成了妇女的从属地位。因此，必须建立一个以女性为中心的社会，才能真正解放妇女。比较全面的观点则主张应该把阶级关系与性别关系结合起来分析，即是资本主义与父权制的结合导致了妇女受歧视、受压迫的从属地位，实现妇女解放也必须要在社会制度上解决问题。以上各理论流派的一大缺陷是未能将阶级、种族和性别这三大社会因素有机地结合起来看问题。由此，多元女权主义应运而生。这种源自少数族裔女权主义者的理论强调以上三大社会因素对人们的行为意识及各种社会关系同时产生影响的不可分割性。一个公平合理的社会必须根除各种形式的（阶级的、种族的，或是性别的）歧视和压迫。后现代女权主义和由此衍生的酷儿理论，视人们的男女社会性别为不确定的、流动的、非客观存在的，通过"话语交流"形成的一种社会思维的产物。这种高度抽象的相对化的理论在一定程度上反映了一种对现代社会体制及其发展前景的失望和幻灭的社会意识。

以上各种女权主义的产生与发展都是与妇女平权运动和妇女解放运动息息相关的。历史上各种推动男女平等的社会运动都各自程度不一地丰富和发展了女权主义理论，反之各种女权主义理论又对社会运动起着程度不一的指导和推动作用。在当前的社会环境里，尽管 20 世纪 60 年代以来女权主义活动家们为之奋斗的事业及其做出的种种努力逐渐被人们遗忘，对女权主义者的歪曲、讥讽、蜚语，如"仇视男性者""清教徒式的女解放者""女纳粹"等充斥一些大众媒体，然而在女权主义学术研究领域，一些早期激发女权主义思想论辩的问题至今仍然是热点。例如，关于男女两种性别究竟是否存在本质上的差异的问题，一个多世纪以来，仍然未达成统一的认识。许多女权主义学者不认同本质先于存在论，认为性别差异大都是社会定义的产物，并非客观存在。还有的女权主义者则不仅认可男女性别差异的客观存在，而且主张这种性别差异的存在是有益于社会的，值得庆贺的。看来，这种争论还将继续下去。

随着女权主义思想理论的多元化，新的争辩热点相继出现。其中之一是如何解释男女两性之间的权利关系。多元女权主义认为并非所有的男人都具有同等的权利。有男性弱势者，也有女性强势者。另外，由于美国缺少社会主义革命运动的环境，社会主义女权主义理论流派的影响也日渐式微，但是影响人们行为意识的阶级因素未失去其重要性，而是与种族、性别一样，仍然是学术研究的重要课题。还有，关于社会结构对人的制约与人的能动性的辩证关系问题：不同阶级、种族、性别的人们，无论男女，其行为和意识与社会结构（环境）之间是如何相互作用的？随着女权主义理论的进一步发展，新一代女权主义思想家们会不断承前启后，探讨新的问题，进行新的论辩。

最后，笔者在撰写本文的过程中，主要参考引用了 Andersen（2006）与 Lorber（1998）及其他一些女权主义学者的著作。这些著作具有代表性，对各种主要的女权主义理论作了比较完整的介绍。尽管如此，因个人水平、时间有限，纰漏谬误之处在所难免。读者还需以独立、批判的精神来阅读此文。

［参 考 文 献］

Agger, Ben. 1991. Critical Theory, Poststructuralism, Postmodernism: Their Sociological Relevance [J]. *Annual Review of Sociology*, Vol. 17: 105-131.

Andersen, Margaret L. 2006. *Thinking about Women: Sociological Perspectives on Sex and Gender* [M]. Boston: Pearson Education, Inc.

Andersen, Margaret L. & Collins, Patricia H. 2001. *Race, Class, and Gender: An Anthology* [M]. 4th ed. Belmont, CA: Wadsworth.

Baca Zinn, Maxine & Dill, Bonnie T. 1996. Theorizing Difference from Multiracial Feminism [J]. *Feminist Studies* 22 (Summer): 321-331.

Bordo, Susan. 1993. Feminist Skepticism and the "Maleness" of Philosophy [M]. // Harvey, Elizabeth D. & Okruhlik, Kathleeh. *Women and Reason*. Ann Arbor: University of Michigan Press, 143-162.

Bunch, Charlotte. 1975. Lesbians in Revolt [M]. //Myron, N. & Bunch, C. *Lesbinism and Women's Movement*. Oakland, CA: Diana Press, 29-38.

Collins, Patricia H. 1990. *Black Feminist Theory: Knowledge, Consciousness and the Politics of Empowerment* [M]. Boston: Unwin Hyman.

Collins, Patricia H. 1998. *Fighting Words: Black Women and the Search for Social Justice* [M]. Minneapolis: University of Minnesota Press.

Combahee River Collective. 1982. A Black Feminist Statement [M]. //Hull, Gloria T.; Scott, Patricia B. &. Smith, Barbara. *But Some of Us Are Brave*. Old Westbury, NY: The Feminist Press, 13-22.

Disch, Estelle. 2003. *Reconstructing Gender: A Multicultural Anthology* [M]. Boston: McGraw-Hill.

DuBois, Ellen Carol. 1978. *Feminism and Suffrage* [M]. Ithaca, NY: Cornell University Press.

Dye, Nancy Schrom. 1980. History of Childbirth in America [J]. *Signs: Journal of Women in Culture and Society*, 6(1): 97-108.

Fausto-Sterling, Anne. 2000. *Sexing the Body: Gender Politics and the Construction of Sexuality* [M]. New York: Basic Books.

Flax, Jane. 1990. Postmodernism and Gender Relations in Feminist Theory [M]. // Nicholsou, Linda J. *Feminism and Postmodernism*. Nicholson. New York: Routledge, 39-62.

Giddens, Anthony. 1971. *Capitalism and Modern Social Theory: An Analysis of the Writings of Marx, Durkheim, and Max Weber* [M]. Cambridge: Cambridge University Press.

Harding, Sandra. 1981. What Is the Real Material Base of Patriarchy and Capital? [M] //Sargent, Lydia. *Women and Revolution*. Boston: South End Press, 135-163.

Hartmann, Heidi. 1976. Capitalism, Patriarchy, and Job Segregation by Sex [J]. *Signs: Journal of Women in Culture and Society*, 1(Spring): 366-394.

Jaggar, Alison M. &. Rothenberg, Paula S. 1993. *Feminist Frameworks: Alternative Theoretical Accounts of the Relations between Women and Men* [M]. 3 rd ed. New York: McGraw-Hill.

Kelly-Gadol, J. 1976. The Social Relations of the Sexes: Methodological Implications of Women's History [J]. *Signs: Journal of Women in Culture and Society*, 1 (*Summer*): 809-825.

333

Kerbo, Harold R. 2006. *World Poverty: Global Inequality and the Modern World System* [M]. Boston: McGraw-Hill.

Kleinbaum, A. R. 1977. Women in the Age of Light [M]. //Bridauthal, R. & Koonz, C. *Becoming Visible: Women in European History.* Boston: Houghton-Mifflin, 217-235.

Leacock, Eleanor. 1978. Women's Status in Egalitarian Society [J]. *Contemporary Anthropology*, 19: 247-275.

Lerner, Gerda. 1973. *Black Women in White America: A Documentary History* [M]. New York: Vintage.

Lorber, Judith. 1998. *Gender Inequality: Feminist Theories and Politics* [M]. Angeles, CA: Roxbury Publishing.

Lorber, Judith & Farrell, Susan A. 1991. *The Social Construction of Gender* [M]. Newsbury Park: Sage.

Martineau, Harriet. 1837. *Society in America* [M]. Paris: Baudry's European Library.

Mill, John S. 1970. *The Subjection of Women* [M]. New York: Source Book Press.

Mitchell, Juliet. 1971. *Woman's Estate* [M]. New York: Pantheon.

Moraga, Cherrie & Anzaldua, Gloria. 1981. *This Bridge Called My Back: Racial Writings by Women of Color* [M]. Watertown, MA: Persephone Press.

Nazzari, M. 1983. The Women Question in Cuba: An Analysis of Material Constraints on the Solution [J]. *Signs: Journal of Women in Culture and Society*, 9 (Winter): 246-263.

Nicholson, Linda E. 1994. Interpreting Gender [J]. Signs: *Journal of Women in Cultureand Society*, 20 (Autumn): 79-105.

Nielsen, Joyce M. 1990. *Sex and Gender in Society: Perspectives on Stratification* [M]. Prospect Heights: Waveland Press.

Rosenau, P. Marie. 1992. *Postmodernism and the social Sciences: Insights, Inroads, and Intrusions* [M]. Princeton, NJ: Princeton University Press.

Rubin, Gayle. 1975. The Trafic in Women [M]. // Reiter. R. *Toward an Anthropology of Women.* New York: Monthly Review Press. 157-211.

Seidman, Steven. 1994. Symposium: Queer Theory Sociology: A Dialogue [J]. *Sociological Theory*, 12 (July): 166-177.

Seidman, Steven. 1996. *Queer Theory/Sociology* [M]. Malden, MA: Blackwell Publishing.

Sterling, Ann. 1984. *We Are Your Sisters: Black Women in the Nineteeth Century* [M]. New York: Norton.

Wallerstein, Immanual. 1980. *The Modern World System II: Mercantilism and the Consolidation of the European World-Economy*, 1600—1750 [M]. New York: Academic Press.

Wollstonecraft, Mary. 1792(1975). *A Vindication of the Rights of Woman* [M]. New York: Norton.

Yang, Renxin. 1997. Asian American Women and Men: Labor, Laws, and Love [J]. *Gender & Society* 11(5): 705-706.

Zarestky, E. 1976. *Capitalism, the Family, and Personal Life* [M]. New York: Harper and Row.

附

文

图书在版编目(CIP)数据

浮光掠影:灵魂的回响/杨人辛著. —杭州:浙
江大学出版社,2015.11
ISBN 978-7-308-15123-8

Ⅰ.①浮…　Ⅱ.①杨…　Ⅲ.①诗集－中国－当代
Ⅳ.①I227

中国版本图书馆 CIP 数据核字(2015)第 213278 号

浮光掠影:灵魂的回响

杨人辛　著

责任编辑	张　琛　张远方
责任校对	韦　伟
封面设计	续设计
出版发行	浙江大学出版社
	(杭州市天目山路 148 号　邮政编码 310007)
	(网址:http://www.zjupress.com)
排　　版	杭州金旭广告有限公司
印　　刷	杭州杭新印务有限公司
开　　本	710mm×1000mm　1/16
印　　张	22.25
插　　页	4
字　　数	240 千
版 印 次	2015 年 11 月第 1 版　2015 年 11 月第 1 次印刷
书　　号	ISBN 978-7-308-15123-8
定　　价	39.00 元